AUDRE LORDE

**TRADUÇÃO
STEPHANIE BORGES**

**ORGANIZAÇÃO
E APRESENTAÇÃO
DJAMILA RIBEIRO**

Sou sua irmã

ESCRITOS REUNIDOS
E INÉDITOS
DE AUDRE LORDE

7 *Apresentação*
DJAMILA RIBEIRO

PARTE 1
DIFERENÇA E SOBREVIVÊNCIA

13 Sou sua irmã: Mulheres negras se organizam para além das sexualidades

21 Dando uma virada: maternagem lésbica

31 *Apartheid* nos Estados Unidos

42 Diferença e sobrevivência: Um discurso no Hunter College

47 O primeiro retiro feminista negro

49 Quando a ignorância vai acabar? – Discurso na Conferência Nacional de Gays e Lésbicas do Terceiro Mundo

55 Discurso proferido na "Litania pelo compromisso" na Marcha de Washington

56 Discurso de abertura da formatura no Oberlin College

63 Não existe hierarquia de opressão

66 O que está em jogo na publicação de gays e lésbicas hoje

69 Seu cabelo ainda é político?

PARTE 2
MINHAS PALAVRAS ESTARÃO LÁ

77 Minhas palavras estarão lá
88 Minha poesia e autodefinição
91 O pilão de minha mãe
103 A poeta como professora
– a humana como poeta –
a professora como humana
106 A poesia faz alguma coisa acontecer
110 Prefácio da nova edição de *Need*
115 Introdução a *Movement in Black*, de Pat Parker
118 Prefácio da edição em inglês de *Farbe Bekennen*
127 *Eva's Man*, de Gayl Jones: Uma resenha

PARTE 3
UMA EXPLOSÃO DE LUZ

133 Uma explosão de luz: Vivendo com câncer

217 *Sobre a autora*

APRESENTAÇÃO

DJAMILA RIBEIRO

Nasci negra e mulher. Estou tentando me tornar a pessoa mais forte possível para usufruir a vida que me foi dada e ajudar a desencadear as mudanças em direção a um futuro aceitável para o planeta e para minhas crianças. Como negra, lésbica, socialista, mãe de dois, entre eles um menino, e integrante de um casal inter-racial, com frequência me vejo parte de um grupo em que a maioria me define como desviante, difícil, inferior ou simplesmente "errada".

— AUDRE LORDE, "Não existe hierarquia de opressão".

É com muita honra que apresento a vocês a obra que reúne textos fundamentais da grande feminista negra e poeta Audre Lorde, cujo legado segue poderoso mesmo após quase vinte anos de seu falecimento. Este livro presenteia o público brasileiro com instrumental teórico para guiar forasteiras e forasteiros – aquelas pessoas que, por integrarem e somarem identidades atravessadas por opressões históricas, são "erradas" pelo mero fato de existirem.

Ler Audre Lorde na minha vida foi curativo das violências por que passei e que não entendia como formular. Uma leitura que me inspirou a manter minha postura, não importasse o quanto o ambiente hostil quisesse que minha espinha se curvasse. Ela também me acolheu no incômodo contra aquilo que Simone de Beauvoir classificaria como "os amantes de fórmulas simples". A leitura deste livro implica complexificar a análise, entendendo que não existem hierarquias de opressão, como também a própria existência, ante a brava autodefinição e escrita corajosa que escorriam de suas mãos e encharcavam ensaios, prefácios e poemas com a raiva organizada em combate ao racismo.

Sua obra no Brasil vem sendo propagada há pouco tempo no mercado editorial, mas as feministas negras já tinham alguns de seus escritos traduzidos em comunidades há muito tempo. Sabiam do poder das palavras da pensadora feminista negra de ascendência de Barbados, no Caribe, aquela que deixou raízes tão profundas na Alemanha, que contribuiu decisivamente para a organização do movimento das afro-alemãs, cada vez mais fortes no país, assim como seus escritos, que conquistaram a fama de lendários. Nesta obra, você terá contato com alguns desses escritos, como "Sou sua irmã: Mulheres negras se organizam para além da sexualidade", "Não existe hierarquia de opressão" e, certamente um dos mais impactantes de sua trajetória, "Uma explosão de luz: Vivendo com câncer". Também encontrará participações suas em obras de outros autores e autoras, com prefácios e introduções, e discursos em conferências e palestras.

Além disso – e penso aqui que esta obra contribuirá para uma recepção ainda maior da sua obra no Brasil –, você terá contato com a Audre Lorde poeta, simplesmente formidável. Eu já havia lido alguns de seus poemas em inglês, quando fui à Califórnia para uma palestra na universidade e encontrei em uma livraria uma coletânea deles. Voltei no avião agarrada ao livro e, quando cheguei ao Brasil, quis saber mais dessa história, do encontro de Audre consigo mesma, dessa afirmação em uma entrevista ao jornal *Callaloo* de agosto de 1990 que diz "minha sexualidade é parte integrante do que sou, e minha poesia é produto da interseção entre mim e meus mundos". Tempos depois, em Berlim para a Bienal de Livros, encontrei pela primeira vez o jornalista Simon Sales Prado, que se tornaria um querido parceiro de trabalho. Ele me presenteou na entrevista com a obra de May Ayim, poeta e escritora afro-alemã mais nova que Lorde, porém muito próxima e inspirada por ela, assim como tantas outras foram. Foi aí que tomei conhecimento não apenas do talento de Audre como poeta, mas igualmente do movimento que fomentou. Suas palavras tocam a alma, de fato, como conta um dos textos deste volume, "A poesia faz alguma coisa acontecer".

O livro se divide em três partes. A primeira reúne os textos de intervenção em que Audre Lorde se coloca diante de diferentes audiências, apontando para aquilo que é mais fundamental em sua teoria: o fato de que as lutas contra as opressões de gênero, classe e raça não são excludentes e devem se unir. Os textos relacionam machismo, racismo e homofobia e chamam o leitor para uma tomada de posição diante dessas diferentes formas de opressão. A segunda parte traz a reflexão de Lorde sobre como a literatura e a poesia foram para ela armas do conhecimento para combater essas opressões. Mesmo nos textos de combate, sua prosa é altamente literária e imagética. Finalmente, a terceira parte apresenta o comovente diário de Lorde, no qual ela conta sua luta contra o câncer entremeando seu dia a dia de trabalho incessante durante seus últimos anos de vida.

É uma honra imensa ser a organizadora desta obra, que ainda traz a brilhante tradução de Stephanie Borges, cujo legado profissional para o Brasil tem sido a disseminação das ideias de Audre Lorde, entre outras irmãs feministas negras que realizaram verdadeiras revoluções fora das fronteiras e que multiplicam a força necessária para a luta epistemológica que tem sido travada historicamente pelas feministas negras brasileiras, revolucionárias por resistirem e ampliarem o espaço de debate em um país de tradições coloniais tão enraizadas como o nosso. Desejo a todas vocês uma excelente leitura.

São Paulo, junho de 2020.

DJAMILA RIBEIRO é filósofa e ativista, possui mestrado em Filosofia Política pela Universidade Federal de São Paulo (Unifesp) e é professora de Jornalismo contra-hegemônico na Pontifícia Universidade Católica de São Paulo (PUC-SP). É autora de *Pequeno manual antirracista* (Companhia das Letras, 2019), *Quem tem medo do feminismo negro?* (Companhia das Letras, 2019) e *Lugar de fala* (Pólen, 2019). Em 2018 idealizou o selo "Sueli Carneiro", que incentiva publicações escritas por brasileiras negras, indígenas e LGBTQI+, mas também a tradução de obras de mulheres latinas e caribenhas. Desde 2019 coordena a coleção "Feminismos plurais".

PARTE 1
diferença e
sobrevivência

SOU SUA IRMÃ
Mulheres negras se organizam para além das sexualidades

Toda vez que venho ao Medgar Evers College sinto empolgação, ansiedade e prazer, porque é como voltar para casa, conversar com a família, ter a oportunidade de falar sobre temas muito importantes para mim, com pessoas que são igualmente importantes. E isso se aplica especialmente às ocasiões em que venho falar no Women's Center. No entanto, como em todas as famílias, às vezes temos dificuldade de lidar de maneira construtiva com as diferenças genuínas entre nós e de reconhecer que a união não exige que sejamos idênticas umas às outras. Mulheres negras não são um grande tonel de leite achocolatado homogêneo. Temos muitas faces diferentes e não precisamos nos tornar idênticas para trabalharmos juntas.

Não é fácil para mim falar com vocês aqui como uma feminista negra lésbica e admitir que algumas formas como me identifico dificultam que me escutem. Mas nos encontrarmos em meio às diferenças exige flexibilidade conjunta, e, enquanto vocês não forem capazes de me ouvir como feminista negra lésbica, nossas forças não estarão realmente conectadas como mulheres negras.

■ Palestra proferida na conferência Black Women Rising Together [Mulheres negras ascendem juntas], que ocorreu no Medgar Evers College, faculdade pública localizada no bairro do Brooklyn, em Nova York, em 1985. Depois publicada como o terceiro volume da série de panfletos, Freedom Organizing Pamphlet (New York: Kitchen Table: Women of Color Press, 1985). Republicada em *A Burst of Light: Essays by Audre Lorde* (New York: Firebrand, 1988).

13

É porque sinto a urgência de não desperdiçar nossos recursos, de reconhecer cada irmã do jeito que ela é para que então possamos trabalhar melhor juntas, em favor de nossa sobrevivência mútua, que falo aqui sobre heterossexismo e homofobia, duas graves barreiras à organização das mulheres negras. E, para que tenhamos uma linguagem comum, gostaria de definir os termos que uso:

- HETEROSSEXISMO crença na superioridade inerente a um padrão de relação afetiva, o que implicaria seu direito à dominância.
- HOMOFOBIA medo de sentimentos amorosos por pessoas do próprio sexo, o que se reflete em ódio por esses sentimentos em outras pessoas.

Nos anos 1960, quando decidiram que não queriam parecer racistas, as pessoas brancas liberais usavam *dashikis*, dançavam música negra, apreciavam a culinária dos negros e até se casavam com pessoas negras, mas não queriam se sentir negras nem pensar como tais, por isso nunca questionaram o contexto de sua rotina (por que *band-aids* "cor de pele" seriam sempre rosados?); seu questionamento, na verdade, era "Por que pessoas negras sempre se ofendem tão facilmente com coisas tão pequenas? Alguns de nossos melhores amigos são negros...".

Bem, não é necessário que algumas de suas melhores amigas sejam lésbicas, embora algumas delas provavelmente sejam, sem dúvida. O que é preciso é que vocês parem de me oprimir com base em um falso julgamento. Não quero que vocês ignorem a minha identidade nem que a transformem num obstáculo instransponível para o compartilhamento de nossas forças.

Quando digo que sou uma feminista negra, quero dizer que reconheço que o meu poder e minhas opressões primárias são consequência do fato de eu ser negra e mulher, e, portanto, as minhas lutas nessas duas frentes são inseparáveis.

Quando digo que sou uma lésbica negra, quero dizer que sou uma mulher cujo foco primordial do amor, tanto físico como emocional, é direcionado a mulheres. Isso não significa que eu odeie os homens. Longe disso. Os ataques mais duros que já ouvi contra homens negros vieram de mulheres que estão intimamente ligadas a eles e não conseguem se libertar de uma posição silenciosa e subserviente. Jamais ousei falar de homens negros da forma como ouvi algumas de minhas irmãs heterossexuais falarem dos homens com quem se relacionam. E é claro que isso me preocupa, pois é o reflexo de uma situação em que sobressai a falta de comunicação na comunidade negra heterossexual, que, de longe, é mais ameaçadora na realidade do que a existência de lésbicas negras.

O que isso tem a ver com a organização entre as mulheres negras?

Já ouvi pessoas dizendo – geralmente pelas minhas costas – que lésbicas negras não são normais. Mas o que é normal nesta sociedade enlouquecida em que estamos aprisionadas? Eu me lembro, como muitas de vocês, de quando ser negra não era considerado normal, quando se falava de nós aos sussurros, quando tentavam nos pintar, nos linchar, nos alvejar, quando fingiam que não existíamos. Chamávamos isso de racismo.

Já ouvi pessoas dizendo que as lésbicas negras são uma ameaça às famílias negras. Porém, quando 50% das crianças negras nascem fora de casamentos e 30% das famílias são lideradas por mulheres sem maridos, precisamos ampliar e redefinir o que é *família*.

Já ouvi pessoas dizendo que lésbicas serão responsáveis pelo fim da raça. No entanto, lésbicas negras geram filhos como todas as outras mulheres, e o lar de uma lésbica é simplesmente outro tipo de família. Perguntem ao meu filho e à minha filha.

O horror às lésbicas negras está enterrado naquele lugar profundo onde fomos ensinadas a temer toda diferença – a matá-la ou a ignorá-la. Fiquem tranquilas: o amor entre mulheres não é uma doença transmissível pelo contato. Vocês não correm o risco de contraí-lo como um resfriado comum. Contudo, a insinuação de que uma mulher negra seja lésbica é capaz de deixar até a mais articulada delas em silêncio e inerte.

Se alguém disser que você é russa, mesmo que não seja, você não cai num silêncio pétreo. Ainda que alguém a chame de bígama ou que a acuse de maltratar crianças, sem que isso seja verdade, você não desmorona. Você nega e continua imprimindo seus panfletos. Mas se qualquer um, sobretudo um homem negro hétero, acusar uma mulher negra hétero de ser *lésbica*, imediatamente essa irmã fica imobilizada como se isso fosse o que há de pior no mundo e ela devesse, a todo custo, provar que não é verdade. Isso é homofobia. É um desperdício de energia e coloca uma arma terrível nas mãos dos inimigos para ser usada contra você a fim de silenciá-la, mantê-la dócil e na linha. Também serve para nos separar e nos manter isoladas.

Já ouvi pessoas dizendo que lésbicas negras não são políticas, que não estivemos nem estamos envolvidas nas lutas do povo negro. Só que, quando lecionava escrita a estudantes negros e porto-riquenhos no SEEK[1] do City College, durante os anos 1960, eu era uma lésbica negra. Era uma lésbica negra quando me prontifiquei a lutar pelo Departamento de Estudos Negros do John Jay College e a organizá-lo. E, porque eu era quinze anos mais nova e menos autoconfiante, em um momento crucial cedi a pressões que me levaram a renunciar em favor de um homem negro, embora eu soubesse que ele seria uma escolha extremamente equivocada, mas assim o fiz, e ele de fato se mostrou uma péssima escolha. Mas, nessa ocasião, eu era uma lésbica negra.

Quando minhas amigas e eu saímos de carro numa noite de 4 de Julho, depois dos fogos de artifício, com latas de *spray* branco e nossos filhos adormecidos no banco de trás, e uma de nós, de prontidão, manteve o motor ligado e tomou conta das crianças, enquanto as outras duas circulavam pelas ruas do subúrbio de Nova Jersey jogando tinta branca nas estátuas de jockeys negros

---

1\O Search for Education, Elevation and Knowledge (SEEK) é um curso de extensão oferecido em paralelo com as disciplinas da graduação, com o objetivo de melhorar as habilidades dos alunos e apresentar conteúdos aos quais eles não tiveram acesso antes do ingresso na universidade. [N. T.]

de jardim[2] e seus coletes vermelhos, nós também éramos lésbicas negras.

Quando dirigi pelo delta do Mississippi com um grupo de estudantes negros da Tougaloo, uma pequena universidade negra na região, em direção a Jackson, e um carro cheio de jovens *red necks* tentou nos jogar para fora da estrada durante todo o trajeto de volta para a cidade, eu era uma lésbica negra.

Quando desmamei minha filha em 1963 para ir a Washington em agosto e trabalhar com Lena Horne fazendo café para os representantes, porque era isso o que a maioria das mulheres negras fazia na Marcha de Washington,[3] eu era uma lésbica negra.

Quando ministrei uma oficina de poesia em Tougaloo, onde brancos arruaceiros gritavam nos arredores do *campus* todas as noites, e eu sentia a alegria de ver jovens poetas negros encontrando suas vozes e seu poder por meio das palavras em um crescimento conjunto, eu era uma lésbica negra. E hoje há poetas negros representativos que afirmam que seu amadurecimento e consciência despertaram naquelas oficinas.

Quando Yoli [Yolanda Rios] e eu preparamos frango ao curry, arroz e feijão e, com nossos cobertores e travesseiros extras, subimos a colina até o City College e entregamos tudo aos estudantes em greve que ocupavam os edifícios em 1969, exigindo admissões abertas e o direito à educação, eu era uma lésbica negra. Quando caminhei pelos corredores do Lehman College à meia-noite naquele mesmo ano, levando remédio para cólicas menstruais e absorventes para as jovens negras radicais que participavam da ação, e tentamos convencê-las de que seu lugar na revolução não era dez passos atrás dos homens negros, que abrir as pernas para os caras em cima da mesa não era um ato

---

2 \ *Lawn jockeys* são pequenas estátuas usadas para enfeitar gramados nos Estados Unidos. No entanto, um deles é uma figura negra caricata de cabelo carapinha e lábios grossos vermelhos, conhecida como Jocko. [N. T.]

3 \ Realizada em 28 de agosto de 1963, a Marcha de Washington por Trabalho e Liberdade foi uma manifestação política de grandes proporções, organizada e liderada por ativistas dos direitos civis, entre eles Martin Luther King. [N. T.]

revolucionário, não importa o que os irmãos dissessem, eu era uma lésbica negra. Quando participei de piquetes pelos direitos das mães que precisam de auxílio social, contra a esterilização forçada de meninas negras, quando lutei contra o racismo institucional nas escolas de Nova York, eu era uma lésbica negra.

Vocês, entretanto, não sabiam disso, porque não nos identificamos, e é por isso que hoje vocês podem dizer que lésbicas e gays negros nada têm a ver com as lutas do povo negro.

E eu não estou sozinha.

Quando leem a obra de Langston Hughes, vocês estão lendo as palavras de um homem negro homossexual. Quando leem as palavras de Alice Dunbar-Nelson e Angelina Weld Grimké, poetas da Renascença do Harlem,[4] estão lendo as palavras de lésbicas negras. Quando escutam as vozes positivas de Bessie Smith e Ma Rainey, estão ouvindo lésbicas negras. Quando assistem às peças e leem as palavras de Lorraine Hansberry, vocês estão lendo as palavras de uma mulher que amava mulheres intensamente.

Atualmente, lésbicas e gays estão entre as forças mais ativas e engajadas da Arts Against Apartheid [Arte contra o *apartheid*], um grupo que torna visível e imediata nossa responsabilidade cultural contra a tragédia da África do Sul. Temos organizações como a National Coalition of Black Lesbians and Gays [Coalização nacional de lésbicas e gays negros]; Dykes Against Racism Everywhere [Sapatonas contra o racismo em todo lugar] e Men of All Colors Together [Homens de todas as cores juntos], todas comprometidas e envolvidas em atividades antirracistas.

Homofobia e heteronormatividade significam que vocês se permitem ter a fraternidade e a força das lésbicas negras roubadas porque temem ser chamadas de lésbicas. No entanto, compartilhamos tantas preocupações sendo mulheres negras, há

---

4 \ A Renascença do Harlem, também conhecida como "New Black Movement", foi um movimento cultural que floresceu entre 1918 e 1937, abarcando literatura, música, teatro e artes visuais para tratar da experiência de "ser negro" fora dos estereótipos racistas. [N. T.]

tanto trabalho a fazer. A urgência da destruição de nossas crianças negras e o sequestro da mente dos jovens negros são prioridades conjuntas. Crianças negras mortas a tiros ou drogadas nas ruas são prioridade para todas nós. O fato de que o sangue de mulheres negras tem fluído com regularidade implacável nas ruas e nas salas de estar em nossas comunidades não é um rumor difundido pelas lésbicas negras. É uma triste verdade estatística. Tampouco é uma trama das lésbicas negras o fato de que existe uma falta crescente de comunicação a respeito das nossas diferenças entre homens e mulheres negras. É uma realidade duramente escancarada conforme vemos nossos jovens se tornarem mais e mais descuidados uns com os outros. Rapazes negros que acreditam poder definir sua masculinidade entre as pernas de meninas de quinze anos e crescem acreditando que meninas e mulheres negras são o alvo adequado para sua fúria justificada em vez de as estruturas racistas que nos reduzem a pó: esse não é um mito criado pelas lésbicas negras. Essas são as tristes realidades das comunidades negras na atualidade, e preocupações urgentes de todas nós. Não podemos nos dar ao luxo de desperdiçar a energia umas das outras em nossas lutas comuns.

O que significa homofobia? Significa que mulheres negras altamente poderosas ouvem que não é seguro participar da Conferência sobre a Situação das Mulheres em Nairóbi simplesmente porque são lésbicas. Na ação política, isso significa que vocês são privadas de *insights* e da energia vital de mulheres políticas como Betty Powell, Barbara Smith, Gwendolyn Rogers, Raymina Mays, Robin Christian e Yvonne Flowers. Trata-se de mais um exemplo da tática de "dividir para conquistar".

Como nos organizamos em torno de nossas diferenças, sem negá-las ou lhes dar proporções explosivas?

O primeiro passo depende de um esforço de vocês. Tentem manter certos fatos em mente. Lésbicas negras não são apolíticas. Temos participado de todas as lutas pela liberdade neste país. Lésbicas negras não são uma ameaça às famílias negras.

Muitas de nós temos família. Não somos brancas e não somos uma doença. Somos mulheres que amam mulheres. Isso não significa que vamos atacar suas filhas num beco na avenida Nostrand. Não significa que vamos agredi-las se vocês não elogiarem nossos vestidos. Não significa que só pensamos em sexo, não mais do que vocês pensam em sexo.

Mesmo que você *acredite* em qualquer um desses estereótipos sobre lésbicas negras, comece a *agir* como se não acreditasse neles. Assim como estereótipos racistas são o problema de pessoas brancas que acreditam neles, os estereótipos homofóbicos também são o problema dos heterossexuais que acreditam neles. Em outras palavras, não sou eu nem vocês quem deve dar conta desses estereótipos, eles são barreiras terríveis e um desperdício para o nosso trabalho conjunto. Não sou sua inimiga. Não precisamos nos tornar as únicas experiências e percepções umas das outras para compartilharmos o que aprendemos com nossas batalhas particulares pela sobrevivência como mulheres negras...

Havia um cartaz muito popular nos anos 1960: ELE NÃO É NEGRO, ELE É MEU IRMÃO! Eu ficava furiosa com ele, porque dava a entender que as duas coisas são excludentes – *ele* não poderia ser ambos, negro e irmão. Bem, não quero ser tolerada nem chamada de algo que não sou. Quero ser reconhecida.

Sou uma lésbica negra e *sou* sua irmã.

DANDO UMA VIRADA
Maternagem lésbica

Atualmente parece que, qualquer que seja o lugar para onde olho, há alguém tendo um bebê ou falando em ter um filho, e num certo nível isso me traz uma sensação boa, porque amo bebês. Ao mesmo tempo, não consigo deixar de me perguntar o que isso significa diante da situação do país, assim como diante da nossa situação como pessoas de cor que vivem em um sistema branco racista.[5] E, quando crianças começam a aparecer com uma regularidade notável na comunidade gay e lésbica, acho esse acontecimento ainda mais digno de uma análise atenta e sem sentimentalismo.

Somos gays e lésbicas de cor sobrevivendo em um país que define "humano" – no que se refere à questão como um todo – como hétero e branco. Somos gays e lésbicas de cor em uma época em que a história do país, no que diz respeito não só a políticas internas e internacionais, como também à postura perante

---

5 \ O termo *people of color*, traduzido como "pessoas de cor", faz referência a pessoas negras, latinas, indígenas, asiáticas e a outros grupos racializados que também sofrem preconceito nos Estados Unidos. O feminismo negro interseccional analisa as questões comuns e as diferenças entre as experiências das mulheres de cor [*women of color*], uma vez que o racismo contra pessoas negras é marcado pelos desdobramentos da escravidão. [N. T.]

■ Texto escrito em 1986 e publicado originalmente como "Turning the Beat Around: Lesbian Parenting" em Sandra Pollack e Jeanne Vaughan (orgs.), *Politics of the Heart: A Lesbian Parenting Anthology*, (Nova York: Firebrand, 1987). Incluído posteriormente em *A Burst of Light: Essays by Audre Lorde*, op. cit.

as nações em desenvolvimento com as quais temos relações de herança, é tão reacionária que a autopreservação exige que nos envolvamos ativamente com tais políticas e posicionamentos. Devemos ter alguma participação nessas políticas, assim como algum resultado, se quisermos assumir uma responsabilidade na comunidade internacional de pessoas de cor, uma comunidade humana que inclui dois terços da população mundial. Estamos em uma época em que o avanço conservador em cada uma das frentes afeta nossa vida como pessoas de cor de forma opressiva e óbvia, desde a recente indicação de um líder da Suprema Corte em flagrante desprezo a sua história de intolerância racial até o aumento de estereótipos raciais e imagens degradantes aceitas sem questionamento, saturando a mídia popular – rádio, televisão, videoclipes, filmes, músicas.

Somos gays e lésbicas de cor numa época em que o advento de uma doença nova e sem controle tem criado entraves repentinos entre nossos camaradas, amores, amigos. E a conexão entre esses dois fatos – o avanço do conservadorismo social e político e o aparecimento do que ficou conhecido na mentalidade do público geral como uma doença dos gays, a Aids – não foi bem investigada. Mas certamente vemos seu casamento profano no aumento de atos presunçosos e legitimados de heteronormatividade e homofobia, de intimidação de pessoas *queer* nas nossas ruas até a invasão legalizada de nossos quartos. Se ignorarmos essas conexões entre racismo e homofobia, nos pedirão para acreditar que essa doença monstruosamente conveniente – e uso conveniente aqui no sentido de *conveniente para o extermínio* – se originou espontânea e misteriosamente na África. Contudo, apesar de toda a histeria pública em torno dela, quase não se fala da incidência crescente da Síndrome de Imunodeficiência Quimicamente Adquirida (Caids – *Chemically Acquired Immune Deficiency Syndrome*) – ao longo da fronteira mexicana, no Oriente Médio e em outras regiões de imperialismo industrial. A Caids é uma doença laboral causada pela exposição prolongada a tricloroetileno, um produto químico usado em larga escala em fábricas de eletrônicos em todo o mundo, onde trabalhadores são sobretudo pessoas de cor, como na Malásia, no Sri Lanka, nas Filipinas e no México.

É um momento em que nós, lésbicas e gays de cor, não podemos ignorar nossa posição como cidadãos de um país que se mantém do lado errado de todas as lutas por libertação neste planeta; um país que sanciona e é conivente com o projeto mais cruel e sistemático para o genocídio desde a Alemanha nazista – o *apartheid* da África do Sul.

Como criamos filhos para lidar com essas realidades? Pois, se não fizermos isso, nós apenas os desarmamos, os enviamos, despreparados, direto para a mandíbula do dragão. Se criarmos nossos filhos sem um retrato preciso do mundo como o conhecemos, então enfraquecemos algumas das armas mais eficientes para a sobrevivência e o crescimento e retiramos as motivações deles para a mudança social.

Somos gays e lésbicas de cor numa época em que o conflito étnico está sendo travado em uma pequena cidade de Idaho, Coeur D'Alene. Vivemos em uma época em que o linchamento de duas pessoas negras na Califórnia a uma distância de 32 quilômetros uma da outra é chamado de coincidência e considerado sem motivação racial pela mídia local. Uma das duas vítimas era um homem negro gay, Timothy Lee; a outra era uma repórter negra que investigava a morte dele, Jacqueline Peters.

Estamos em uma época em que os recursos nacionais e locais destinados a creches e a outros programas que oferecem ajuda aos pobres e às famílias da classe trabalhadora estão sendo cortados, em uma época em que até a definição de família se torna cada vez mais e mais restritiva.

Mas estamos tendo filhos! E digo, graças a deusa. Como integrantes de comunidades étnicas e raciais que vivem historicamente sob cerco, cada gay de cor e cada lésbica de cor sabem no seu íntimo que a questão dos filhos não é meramente acadêmica, nem nossos filhos representam um apego vago à imortalidade. Nossos pais são exemplos de sobrevivência como uma busca viva; não importa quanto nos consideremos diferentes deles, temos seus exemplos na construção de nossas definições de *self* – e é por isso que podemos estar aqui, nos definindo. Sabemos que todo o nosso trabalho neste planeta não será realizado durante a vida, talvez nem mesmo durante a vida de nossos filhos. Entretanto, se fizermos o que viemos fazer, nossos filhos levarão isso ao longo de sua existência. E, se pudermos manter este planeta girando e permanecermos sobre ele o maior tempo possível, o futuro pertencerá a nós e aos nossos filhos, porque estamos criando uma visão enraizada na capacidade humana e no crescimento, uma visão que não se apequena diante da adversidade.

Há aqueles para quem o ímpeto de ter filhos é uma reação ao desespero sufocante, o último protesto desesperado antes do salto no vazio. Discordo. Acredito que criar filhos é uma forma de participar do futuro, da mudança social. Em contrapartida, seria perigoso e sentimental pensar que criá-los sozinha é o suficiente para gerar um futuro habitável na ausência de qualquer definição de como é esse futuro. Porque, a menos que desenvolvamos alguma visão coesa deste mundo no qual temos esperança de que nossas crianças vivam, e a noção da nossa responsabilidade na construção dele, vamos apenas criar novos coadjuvantes no drama de culpa do senhor.

Então, o que tudo isso tem a ver com maternagem lésbica? Bem, quando falo de maternidade, faço isso com a urgência nascida da minha consciência enquanto lésbica e mulher negra afro-caribenha americana apresentando minha posição na américa branca, racista e homofóbica.

Dei à luz duas crianças. Tenho uma filha e um filho. A lembrança dos anos da infância deles, incluindo as tempestades, permanece uma alegria para mim. Foram os anos mais caóticos e também os mais criativos da minha vida. Criar duas crianças junto da minha esposa, Frances, equilibrando as complexidades de relacionamento em uma família inter-racial com quatro pessoas, me ensinou parâmetros inestimáveis, meus verdadeiros objetivos. Também me deu lições tangíveis e às vezes dolorosas sobre diferença, poder e propósito.

Éramos uma lésbica negra e uma branca com cerca de quarenta anos, criando duas crianças negras. Não era um jeito seguro de viver nem uma afirmação ou eufemismo. *Lésbica* é um nome para mulheres que amam mulheres. *Negra* significa ancestralidade africana. A vida de cada uma de nós nunca seria simples. Tínhamos de aprender e ensinar o que funcionava enquanto vivíamos, sempre com a cautela de ter em mente o alinhamento das forças sociais contrárias a nós – ao mesmo tempo que precisávamos lavar a roupa, comparecer às consultas ao dentista, e não, você não pode assistir a desenhos animados, porque achamos que eles estragam seus sentimentos e nós pagamos pela energia elétrica.

Eu sabia, por exemplo, que a raiva que sentia e mantinha muito bem guardada seria um dia equiparada à raiva dos meus filhos: a da sobrevivência negra em meio às trivialidades diárias do racismo branco. Eu precisava descobrir formas de ter e usar aquela raiva uma vez que teria de ensiná-los a fazer isso com a raiva deles, assim não nos torturaríamos jogando nossas raivas uns contra os outros. Eu não deveria apenas aprender a me conter, mas a usar a raiva para alimentar ações que poderiam alterar as circunstâncias das opressões que a alimentavam.

Gritar diante da agitação infantil da minha filha em vez de enfrentar um motorista de ônibus racista era deslocar a raiva, fazendo da criança uma vítima inocente desse sentimento. Ter uma enxaqueca em vez de injetar minha voz de mulher negra na branquitude presunçosa de um grupo de estudos de mulheres era diluir essa raiva, usá-la contra mim. Nenhuma dessas ações oferecia as soluções que eu queria dar aos meus filhos para lidar com relacionamentos ou com o racismo. Aprender a reconhecer e rotular minha raiva, e a colocá-la em seu devido lugar de forma efetiva, se tornou crucial – não apenas para minha sobrevivência, mas também para a de meus filhos. Então, quando eu estava justificadamente brava com um deles – e nenhuma pessoa que aspire à santidade consegue conviver com crianças sem ficar irritada uma vez ou outra –, podia expressar a raiva adequada à situação sem ter esse sentimento ampliado e distorcido por todas as minhas outras fúrias não expressadas ou postas em prática. Nem sempre fui bem-sucedida em estabelecer essa distinção, porém tentava me manter consciente da diferença.

Se eu não aprendesse a lidar com a minha raiva, como poderia esperar que as crianças aprendessem a lidar com a delas de maneira construtiva – não a recusar nem esconder ou tornar autodestrutiva? Como uma mãe lésbica negra, percebi que não podia me dar ao luxo de deixar a negação drenar minha energia e ainda estar aberta para meu próprio crescimento. E, se não crescermos com nossas crianças, elas não conseguirão aprender.

Foi uma longa e, não raro, árdua jornada em direção ao autocontrole. E essa jornada ficou mais agradável em razão da capacidade cada vez maior de estender para além do que antes pensava ser possível – a compreensão, a observação dos acontecimentos comuns sob nova perspectiva, a confiança nas minhas percepções. Foi uma jornada empolgante, suavizada também pelo som das risadas deles nas ruas e pela beleza cativante do corpo das crianças adormecidas. Minha filha e meu filho faziam perguntas diárias sobre questões de sobrevivência, e as respostas tinham de ser analisadas e postas em prática. Eu espero que um dia nossos filhos usem o que aprenderam com o poder e a diferença da nossa família para salvar o mundo. Não espero menos que isso. Sei que estou aprendendo com eles constantemente. Ainda o faço.

Como me acostumar a olhar para cima em vez de para baixo. Como olhar para cima todas as vezes em que você sente uma dorzinha na nuca. Jonathan, com dezessete anos, pergunta: "Ei, mãe, como você nunca nos bateu até ficarmos maiores que você?". Naquele momento, percebi que nunca bati nos meus filhos quando eles eram pequenos pelo mesmo motivo pelo qual meu pai nunca me bateu: porque tínhamos medo de que nossa raiva do mundo em que vivemos pudesse transbordar, contaminar e destruir alguém que amamos. Meu pai nunca aprendeu a expressar raiva além de conversas imaginárias atrás de portas fechadas. Em vez disso, ele a continha, recusando que eu tivesse essa imagem dele, e morreu de raiva primária aos 51 anos. Minha mãe, por sua vez, me batia até ela chorar de exaustão. Mas não fui eu, a criança extremamente agitada, quem lhe vendeu comida apodrecida e cuspiu nela e em suas filhas no meio da rua.

Frances e eu queríamos que as crianças soubessem quem somos, quem elas são e que tínhamos orgulho delas e de nós mesmas, e esperávamos que sentissem orgulho de si mesmas e de nós também. Contudo, eu me lembro da frieza da raiva de Beth aos quinze anos: "Você acha que só porque são lésbicas são diferentes dos outros pais, mas não são; vocês são como todos os outros...". Então ela apresentou um registro bem preciso de nossos castigos, nossas exigências e nossos erros.

Acima de tudo, aquilo de que mais me lembro é que não éramos absolutamente como os outros pais. Nossa família não era como as outras famílias. O que não nos impedia de ser uma família, assim como o fato de ser lésbicas não impedia que Frances e eu fôssemos mães. Mas não tínhamos de ser iguais aos demais para sermos validadas. Éramos uma família lésbica inter-racial com mães radicais no bairro mais conservador da cidade de Nova York. Investigar o significado dessas diferenças nos permitiu ampliar nossos horizontes e aprender continuamente, e aplicávamos essa investigação de segunda a sexta, da dor de dente, passando pelo dever de casa a quem tomaria conta das crianças quando nós duas trabalhássemos até tarde e a participação de Frances nas reuniões da associação de pais e mestres.

Existem determinados requisitos básicos para qualquer criança – comida, roupa, abrigo, amor. Então, o que torna nossas crianças tão diferentes? Nós. Gays e lésbicas de cor são diferentes porque lidamos com várias dificuldades resultantes da sexualidade e da cor, e, se há uma lição que devemos ensinar aos nossos filhos, é que a diferença é uma força criativa para a transformação, que a sobrevivência e a luta pelo futuro não são uma questão teórica. É a tessitura da nossa vida, assim como a revolução é a tessitura da vida das crianças que encheram seus bolsos de pedras em Soweto e marcharam a caminho de Johannesburgo até cair nas ruas por causa do gás lacrimogêneo e das balas de borracha de corporações anglo-americanas. Aquelas crianças não escolheram morrer como pequenos heróis. Elas não pediram permissão aos pais e às mães para correr pelas ruas e morrer. Fizeram isso porque, de alguma forma, seus pais lhes deram um exemplo do que pode valer a sobrevivência, e essas crianças dão continuidade ao mesmo trabalho de redefinir seus papéis num ambiente desumano.

Os filhos das lésbicas de cor não escolheram sua cor nem suas mães. Mas esses são fatos que fazem parte de sua história, e o poder e os riscos decorrentes dessa realidade não devem ser escondidos deles enquanto buscam sua autodefinição.

E, sim, às vezes as filhas e os filhos pagam um preço por nossa insistência na articulação de nossas diferenças – políticas, raciais, sexuais. Isso, para mim, é difícil de admitir, porque dói criá-los sabendo que eles podem ser sacrificados por causa de seu posicionamento, sua crença. No entanto, como crianças de cor, de mães lésbicas ou não, nossos filhos estão programados para serem sacrificados pelo posicionamento da américa branca racista, machista, homofóbica e orientada para o lucro, e isso não podemos permitir. Então, se devemos criar nossas crianças para que sejam guerreiras, e não apenas bucha de canhão, no mínimo sejamos muito claras a respeito de qual guerra estamos lutando e de qual será o formato inevitável que a vitória exibirá. Assim, nossos filhos escolherão as próprias batalhas.

Lésbicas e gays de cor e seus filhos e filhas são a linha de frente de toda a luta pela dignidade humana neste país hoje, e isso não ocorre por acaso. Ao mesmo tempo, devemos nos lembrar de que nossos filhos são crianças e precisam de amor, proteção e orientação. Desde o início, Frances e eu tentamos ensinar às crianças que cada um tem o direito de definir quem é e de sentir os próprios sentimentos. Eles também tinham de assumir a responsabilidade pelas ações provocadas por esses sentimentos. Para ensinar isso, garantimos o acesso de Beth e Jonathan à informação para consolidar essas definições – informações verdadeiras, não importa quão desconfortáveis elas pudessem ser para nós. Também tínhamos de lhes dar espaço suficiente para sentirem raiva, medo, alegria e para se rebelarem.

Tivemos muita sorte de ter o amor e o apoio de outras lésbicas; a maioria delas não tinha filhos, mas amava os nossos. Esse apoio foi especialmente importante quando algum rompimento insuperável nos fazia nos sentir isoladas como mães lésbicas. Outra fonte de apoio e conexão veio de mulheres negras que criavam seus filhos sozinhas. Mesmo assim, houve momentos em que Frances e eu tivemos a impressão de que não sobreviveríamos à reprovação da vizinhança, a uma catapora dupla ou à crescente revolta adolescente. E é realmente assustador quando seus filhos pegam o que aprenderam sobre autoafirmação e poder não violento e decidem testar esses ensinamentos contra você. Essa é, porém, uma parte necessária do aprendizado deles, e a questão mais importante é: eles aprenderam a usá-los corretamente?

Beth e Jonathan estão com cerca de vinte anos. Ambos são guerreiros, e os campos de batalha são diferentes: a guerra é a mesma. Vai de bordéis no Sudeste Asiático a becos banhados de sangue na Cidade do Cabo, passando pela lésbica queimada em Berlim, pelos olhos roubados de Michael Stewart até o assassinato de Eleanor Bumpurs, baleada pela polícia num conjunto habitacional em Nova York. Estende-se da sala de aula, onde nossa filha ensina crianças negras e latinas da terceira série a cantar "I am somebody beautiful" [Sou alguém bonito], até o campus da faculdade, onde nosso filho substituiu as estrelas e listras pela bandeira da África do Sul para protestar contra a recusa da universidade de retirar seus investimentos [que beneficiariam políticas racistas na África do Sul]. Eles estão no processo de escolher suas armas, e sem dúvida algumas delas parecerão completamente estranhas para mim. Contudo, confio profundamente neles, porque foram criados para serem uma mulher e um homem que podem contar consigo mesmos, na luta, a serviço do futuro de todos nós.

APARTHEID NOS ESTADOS UNIDOS

Cidade de Nova York, 1985. O clima que domina este verão aumenta a fragmentação. Estou tomada por uma sensação de urgência e pavor: pavor de ondas repentinas de ataques contra pessoas e instituições muito próximas a mim; urgência de expor as conexões entre esses ataques. Aquelas conexões que espreitam sob relatos jornalísticos de cortejos fúnebres com gás lacrimogêneo em Tembisa, na África do Sul, e restos carbonizados em Baldwin Hills, Califórnia, um bairro negro emergente posto abaixo por um incêndio criminoso.

Sento-me diante da máquina de escrever por dias e nada vem. Sinto que destacar esses ataques, ordená-los, um atrás do outro, e encará-los diretamente lhes dará um poder insuportável. No entanto, sei que o extremo oposto é verdade – não importa quão difícil possa ser olhar para a realidade, é nisso que encontramos força para mudá-la. E suprimir qualquer verdade é lhe conferir poder além de resistência.

Enquanto escrevo estas palavras, ouço a sessão especial das Nações Unidas a respeito do "estado de emergência" na África do Sul, o eufemismo deles para a suspensão dos direitos humanos dos negros, que é a resposta do regime de Pretória às crescentes erupções espontâneas de *townships* negras por todo o país. Esses

■ Artigo publicado como o segundo volume da série de panfletos, Freedom Organizing Pamphlet (New York: Kitchen Table: Women of Color Press, 1985). Republicado em *A Burst of Light: Essays by Audre Lorde*, op. cit.

rompantes contra o *apartheid* aumentaram consideravelmente nos últimos onze meses, desde que a nova Constituição da África do Sul consolidou ainda mais a exclusão de 22 milhões de pessoas da maioria negra sul-africana do processo político. Essas irrupções, cerceadas de todas as maneiras pela polícia e pelos militares, estão começando a concretizar o que Oliver Tambo, líder do Congresso Nacional da África do Sul, esperava ao fazer um chamado para tornar a África do Sul "ingovernável" sob o *apartheid*.

Muito sangue negro tem sido derramado sobre a terra, e, acredito, muito mais será derramado. Mas o sangue vai testemunhar, e agora o sangue começou a falar. Ele finalmente está falando? Aquilo pelo que alguns de nós rezamos e trabalhamos e acreditamos que iria – deveria – acontecer, me pergunto em que momento, uma vez que tão poucos de nós aqui na américa parecem saber o que está acontecendo na África do Sul, sem se importar em prestar atenção. As conexões não foram estabelecidas e precisam ser, caso os afro-americanos queiram articular nosso poder na luta contra o aumento de forças alinhadas em escala mundial contra pessoas de cor: o racismo institucional se tornou mais agressivo a serviço das economias orientadas pelo lucro que estão encolhendo.

E quem pensaria que viveríamos para ver o dia em que os negros da África do Sul estariam sob os holofotes no debate mundial? Como diria a escritora negra sul-africana Ellen Kuzwayo, este é o ponto em que estamos agora na história mundial... Talvez a europa tenha se sentido assim no outono de 1939, à beira do desconhecido. Eu me lembro daquele domingo, 7 de dezembro de 1941, e um calafrio com a certeza de que alguma ameaça pairava sobre meu horizonte de seis anos de idade por fim se tornou real e evidente. 6 de agosto de 1945. Hiroshima. As lágrimas do meu pai – eu nunca o tinha visto chorar antes e, no início, pensei que fosse suor –, um homem negro de 46 anos em plena forma, mas apenas a sete anos de morrer por excesso de trabalho. Ele disse "A humanidade pode se destruir agora" e chorou.

A sensação é essa, mas desta vez sabemos que estamos do lado vencedor. A África do Sul será livre, penso, sob o estardalhaço de minha máquina de escrever ainda à espera e os sinais sonoros da transmissão da ONU, durante a qual o delegado dos Estados Unidos ao lado do da Grã-Bretanha falam bobagens sobre o que "nós" fizemos pelos negros da África do Sul.

África do Sul: 87% da população, negra, ocupa 13% do território; 13% da população, branca, ocupa 85% do território. A África do Sul branca tem o mais alto padrão de vida entre as nações, incluindo os Estados Unidos, e, ainda assim, metade das crianças negras nascidas na África do Sul morre antes de chegar aos cinco anos. A cada meia hora, seis crianças negras morrem de fome naquele país. Respondendo a perguntas de um repórter branco sobre o *apartheid*, uma jornalista sul-africana branca retrucou: "Vocês resolveram o problema de seus povos indígenas – nós estamos resolvendo o nosso. Vocês os chamaram de índios, não foi?". *Apartheid* – a solução final sul-africana moldada depois do plano genocida da Alemanha nazista para os judeus europeus.

Todos os anos, cerca de 500 milhões de dólares americanos alimentam a máquina da morte da África do Sul branca. Quanto desses dólares passa por você enquanto está sentada lendo isto? Onde você guarda seu dinheiro? Onde compra sua gasolina? Que pressão pode exercer sobre as empresas que fazem negócios na África do Sul? São 500 milhões de dólares por ano. Retirada dos investimentos. Evasão do apoio financeiro americano à África do Sul. Quem argumenta que a retirada dos investimentos representaria mais sofrimento para os negros da África do Sul ou é cínico ou desorientado, ou não tem ideia do sofrimento diário dos sul-africanos negros. Para qualquer sul-africano, o simples ato de discutir a evasão de divisas da África do Sul é considerado um ato de traição contra o Estado.

Você nem sequer sabe quais empresas sustentadas pelo seu dinheiro fazem negócio na África do Sul? Você não encontrará essa informação no *New York Times*, nem no *San Francisco Chro-*

nicle ou na revista *GQ*. Mas pode obtê-la, assim como outras, no *African National Congress Weekly News Briefing* [Resumo semanal de notícias do Congresso Nacional Africano] (por quinze dólares ao ano) na sede do ANC, na Second Avenue 801, em Nova York, ou no American Comittee on Africa [Comitê americano para a África] na Broadway 198, em Nova York.

Somos gays e lésbicas negras travando muitas batalhas pela sobrevivência. Também somos cidadãos do país mais poderoso do mundo, um país que se coloca do lado errado de todas as lutas por libertação no planeta. Afro-americanos controlam anualmente 200 bilhões de dólares em poder de compra. Como afro-americanos, devemos aprender a usar nosso poder, estabelecer conexões imediatas entre padrões de assassinato de crianças e jovens negros nas estradas de Sebokeng e no Soweto em nome da lei e da ordem em Johannesburgo e da américa branca não tão silenciosa que aplaude o vigilante branco que atira friamente em quatro jovens negros no metrô de Nova York. Ou os policiais brancos protegendo a loja de um vendedor do Meio-Oeste que matou três crianças negras no Brooklyn em uma disputa por uma lata de Coca-Cola. As conexões financeiras de várias corporações são públicas e notórias; são as emocionais que devem se tornar incontornáveis para cada um de nós. Somos parte de uma comunidade internacional de pessoas de cor e devemos considerar nossas lutas interligadas sob essa luz.

Cada dia mais arrogante graças à conivência dos dólares e do encorajamento da política externa de engajamento construtivo dos Estados Unidos, a polícia da África do Sul detém e assassina crianças de seis anos, chuta Johannes, de doze anos, até a morte na frente do jardim de sua casa, deixa Joyce, de nove anos, sangrando até a morte no chão da casa de sua avó. Décadas de atos como esses estão finalmente fazendo sua escalada à consciência do mundo.

Quanto tempo levará até que tomemos consciência, como pessoas negras, de que isso somos *nós*, de que se trata apenas de uma questão de localização, de passagem do tempo e de intensidade dos coquetéis molotov que foram atirados em arbustos em Los Angeles, dando início ao incêndio que incinerou o bairro negro próspero de Baldwin Hills – 53 lares destruídos, três vidas perdidas –, até que a segregação e a violência sejam sancionadas pelo governo. Na Califórnia, nos Estados Unidos, a Irmandade Ariana, o Posse Comitatus e outros grupos racistas e antissemitas brancos sobreviventes florescem desenfreados e venenosos, fertilizados por forças de preservação da lei secretamente complacentes.

Eleanor Bumpurs, 66 anos, avó negra, despejada de seu apartamento da Bronx Housing Authority com dois tiros de espingarda fatais disparados pelo Departamento de Polícia Habitacional da cidade de Nova York.

Allene Richardson, 64 anos, morta a tiros por uma policial, no corredor do edifício onde morava em Detroit, depois de ter se trancado do lado de fora de seu apartamento e uma vizinha ter chamado a polícia para ajudá-la a entrar em casa.

Dez anos se passaram desde que um policial atirou em Clifford Glover, dez anos, numa manhã de sábado, na frente de seu pai, no Queens, em Nova York; oito anos desde o Dia de Ação de Graças em que outro policial branco se dirigiu a Randy Evans enquanto ele, sentado em uma escadaria, conversava com seus amigos e atirou contra sua cabeça de quinze anos. Insanidade temporária, alegou o júri que absolveu aquele policial.

Incontáveis outros desde então – Seattle, Nova Orleans, Dallas. Yvonne Smallwood, uma jovem negra que discutia sobre uma multa de trânsito infligida a seu marido foi morta a chutes pela polícia em Manhattan. Nossas mortes limitam nossos sonhos, as mortes deles tornam-se cada vez mais lugar-comum.

Como um sistema implicado em nossa destruição definitiva torna o inaceitável gradualmente tolerável? Observe com atenção, olhe ao redor, leia a imprensa negra. Como se faz para a população aceitar a negação das liberdades mais rudimentares de quem deve constituir aproximadamente 12% da população deste país? Sabemos que os negros americanos são apenas o começo, assim como os movimentos contra as lésbicas e os gays negros são apenas o começo dentro de nossas comunidades.

Em minha memória, em 1947 o *apartheid* não era a política do Estado na África do Sul, mas supostamente um sonho distante da Afrikaner Broederbond. As condições de vida dos negros sul-africanos, embora ruins, ainda não eram determinadas pelas políticas do genocídio institucional. Negros eram proprietários de terra, frequentavam escolas.

Com a eleição do defensor da supremacia branca africânder, Malik, em 1948, e a implementação do *apartheid*, o ataque gradual contra a existência negra foi acelerado com o desmantelamento de quaisquer direitos humanos relacionados às pessoas negras. Na atualidade, sul-africanos brancos que protestam também estão sendo presos, torturados e atacados. Antes, os sul-africanos brancos liberais falantes de inglês foram enganados para aceitar esse desmantelamento, amparados, durante tempo suficiente, pelo aparato que garantia a estabilidade da sobrevivência dos brancos privilegiados, idealizado por H. Verwoerd, que mais tarde se tornou primeiro-ministro da África do Sul.

Johannesburgo, cidade do ouro, hoje literalmente repousa sobre uma montanha de ouro e sangue negro.

Depois de Sharpeville, por que não Soweto? Depois de Michel Stewart, jovem artista negro espancado até a morte pela polícia de trânsito de Nova York, por que não Bernard Goetz? Depois da New York Eight Plus, por que não a Filadélfia, onde um prefeito negro permite que um chefe de polícia branco bombardeie uma casa cheia de pessoas negras até rendê-las, matando onze delas e incendiando uma vizinhança negra inteira? Bombeiros se recusaram a apagar as chamas. Cinco dos mortos eram crianças. A polícia imobilizou os moradores que tentaram escapar das chamas sob a mira das armas de fogo, garantindo que morressem. Porque eles eram sujos e negros, detestáveis e negros, arrogantes e negros, pobres e negros, negros, negros e negros. E o prefeito que permitiu que isso acontecesse disse assumir toda a responsabilidade, e ele também é negro. Como somos persuadidos a participar de nossa própria destruição ao nos mantermos em silêncio? Como o público americano é persuadido a naturalizar o fato de, no mesmo momento histórico em que negociações prolongadas resultam na libertação de reféns no Oriente Médio ou encerram um conflito armado com a polícia do lado de fora de um acampamento de supremacistas brancos, o prefeito de uma cidade americana ordenar que um artefato incendiário seja jogado numa casa com cinco crianças e a polícia imobilizar os moradores até que eles morram? Sim, afro-americanos ainda podem andar pelas ruas da américa sem carteiras de identidade – por enquanto.

Em outubro de 1984, quinhentos agentes da Força-tarefa Conjunta de Combate ao Terrorismo (viu o que seus impostos estão pagando?) cercaram oito negros radicais de classe média cujos únicos crimes pareciam ser a insistência no direito de discordar, de se identificar como marxistas-leninistas e de questionar a natureza opressiva da sociedade nos Estados Unidos. Eles foram presos e estão sendo julgados por um grande júri que age como a Star Chamber inglesa ou a Inquisição espanhola. Até agora, 22 meses de vigilância incessante não forneceram nenhuma evidência de que todos esses homens e mulheres negros, algumas delas avós, fossem terroristas. Sou lembrada dos tribunais de Johannesburgo repletos de casos apresentados contra funcionários administrativos e vendedoras acusados de ler um livro, usar determinada camiseta ou ouvir música considerada solidária ao Congresso Nacional Africano. Dois anos de trabalho duro para panfletos serem descobertos numa gaveta de escritório.

Como a erosão sistemática das liberdades é gradualmente executada? Que tipo de erosão gradual do nosso *status* como cidadãos dos Estados Unidos vai persuadir as pessoas a primeiro ignorar e depois aceitar?

Em Louisville, Kentucky, um processo trabalhista determina o pagamento de um seguro de 231 dólares semanais a um supervisor de saneamento de 39 anos, branco, em razão de um colapso nervoso que ele diz ter sofrido como consequência de ter de trabalhar com pessoas negras.

Uma marcha pacífica, autorizada, até a embaixada do Haiti em Nova York para protestar contra as condições de moradia na ilha e a prisão de três padres é reprimida pela polícia montada de Nova York e cães treinados para atacar. Dezesseis pessoas ficam feridas, entre elas mulheres e crianças, e um homem, atingido na cabeça pelos cascos, corre o risco de perder um olho. No dia seguinte, nenhum jornal de grande circulação ou emissora de TV cobriu o incidente, apenas a mídia negra.

Em Nova York, um ex-soldado branco, assassino confesso de pelo menos seis pessoas na mesma cidade e em Buffalo, é libertado da cadeia discretamente em menos de um ano, por uma tecnicalidade. Ele tinha sido condenado a prisão perpétua por três dos assassinatos e nunca foi julgado pelos demais. Homens brancos atacam guardas de trânsito negros no Brooklyn, pisoteando um deles até a morte. Dos três que foram julgados por assassinato, dois foram sentenciados a menos de um ano de prisão, e o terceiro saiu livre.

Então, a mensagem é clara: o valor da vida humana negra nos Estados Unidos, que nunca foi alto, está despencando rapidamente aos olhos complacentes dos americanos brancos. Mas, como afro-americanos, não podemos nos dar ao luxo de apostar nesse mercado; é a nossa vida e a de nossas crianças que estão em risco.

O clima político e social da situação afro-americana nos anos 1980, em alguns aspectos, parece análogo a ocorrências nas comunidades negras sul-africanas na década de 1950, o período no pós-guerra de construção do(s) aparato(s) de *apartheid*, de reação e repressão. A reação em uma população grande, oprimida e manipulada, particularmente uma em que as reduzidas posses materiais permitem comparações espúrias com o vizinho para saber quem é o melhor, acontece sempre devagar, com frequência precedida pelo uso das energias na necessidade de suportar diariamente os sintomas de agravamento das ameaças à sobrevivência.

Houve uma discussão crescente entre os afro-americanos em relação ao crime e ao colapso social dentro de nossas comunidades, identificado nas áreas urbanas em grupos visivelmente expostos de jovens desempregados, já sem esperanças e desconfiados tanto de suas habilidades como das de seus parentes de mais idade de se conectarem com um futuro relevante. Nossos jovens negros estão sendo sacrificados por uma determinação social de destruir qualquer um que não atenda às necessidades por mão de obra barata ou bucha de canhão.

Ninguém no governo dos Estados Unidos dirá abertamente que o *apartheid* na África do Sul é bom ou que a tecnocracia em progresso neste país está criando uma reserva de mão de obra barata precarizada e cada vez mais desnecessária. Ninguém diz com todas as letras que as pessoas negras frequentemente são vistas como dispensáveis nessa economia, mas a nação que planeja financiar guerras espaciais e realizar voos regulares para a Lua não parece capaz de solucionar o desemprego de adolescentes. Porque não há desejo de solucioná-lo. Melhor dizimá-los, acabar com eles. Afro-americanos são cada vez mais supérfluos numa economia em retração. Um estágio diferente se verifica na África do Sul, onde a reserva de mão de obra barata ainda é essencial para a economia. Mas a manutenção dos dois sistemas é intimamente relacionada, e ambos são guiados sobretudo pelas necessidades de um mercado branco. É claro que ninguém no governo dos Estados Unidos vai defender abertamente o *apartheid* – isso nem é necessário. Apenas apoiar com a retórica vazia de um tapa na mão e sólidos investimentos financeiros, o tempo todo atendendo às encomendas sul-africanas de armamentos, tecnologia nuclear e mecanismos computadorizados de controle de manifestações. Os garotos que praticam *bullying* andam juntos.

Eu me lembro de histórias nos anos 1960 de grupos errantes de moradores de rua e *tsotis* perigosos, jovens negros desencantados e furiosos zanzando durante a noite pelas ruas de Sharpeville, Soweto e outras cidades negras.

O fato de que afro-americanos ainda possam se mover por aí em relativa liberdade, por enquanto sem precisar carregar cadernetas de identidade ou combater uma polícia do *apartheid* oficialmente nomeada, não deveria nos iludir nem por um minuto em relação às semelhanças entre a situação dos negros em cada uma dessas economias orientadas para o lucro. Examinamos essas similaridades para que possamos criar estratégias efetivas de apoio mútuo para a ação, ao mesmo tempo que permanecemos extremamente conscientes de nossas diferenças. Como o vulcão, que é uma forma extrema de mudança da terra, em qualquer processo revolucionário existe um período de intensificação e outro de explosão. Devemos nos familiarizar com as exigências e os sintomas de cada período e usar as diferenças entre eles a nosso favor, aprendendo e apoiando mutuamente as batalhas. Afro-americanos podem usufruir o poder relativo de nossos dólares, para o bem e para o mal. Temos a habilidade de afetar a vida na África do Sul, financeiramente, por meio de nosso apoio ao desinvestimento em companhias que fazem negócios na África do Sul. Sul-africanos negros operam em seu próprio território. Como afro-americanos, há algo que nos falta, sofremos o desenraizamento de um povo "hifenizado". Mas, em meio a essas diferenças, podemos nos unir para criar um futuro que o mundo ainda não imaginou, muito menos viu.

Qualquer que seja o compromisso liberal com os direitos humanos que o governo dos Estados Unidos expresse nos círculos internacionais, nós sabemos que não vai além dos investimentos na África do Sul, a menos que investir no país deixe de ser lucrativo. É a retirada de investimentos, não a sanção moral, que a África do Sul mais teme. Ninguém vai nos libertar, a não ser nós mesmos, seja aqui, seja lá. Então nossa sobrevivência não está dissociada, embora os contextos sob os quais lutamos sejam diferentes. Afro-americanos estão ligados à luta negra na África do Sul tanto pela política como pelo sangue. Como Malcolm X observou há mais de vinte anos, uma África livre, militante, é necessária para a dignidade da identidade afro-americana.

A falsidade do embaixador dos Estados Unidos nas Nações Unidas, enquanto recitava toda a "ajuda" que o país tem dado aos sul-africanos negros, só se equipara ao cinismo do presidente da África do Sul, que presunçosamente condenou a violência espontânea contra os funcionários negros das *townships*, afirmando que essa é a razão para o atual estado de emergência. É claro que é a imagem de negros matando negros que se exibe repetidas vezes nas telas das tevês por todo o mundo branco, e não as imagens de policiais sul-africanos brancos atirando em estudantes negros, aprisionando crianças de seis anos, atropelando meninas em idade escolar. E penso sobre meus sentimentos em relação ao prefeito da Filadélfia e a Clarence Pendleton, negro, indicado por Reagan para liderar a Comissão Federal de Direitos Civis, acusado de corrupção, que disse aos estudantes da Universidade de Cornell: "A economia é pequena demais para que todos tenham uma fatia justa, e essa não é a função dos direitos civis". Eventualmente o racismo institucional se torna uma questão de poder e privilégio em vez de apenas uma questão de cor, dado que passa a ser utilizado como subterfúgio.

As conexões entre africanos e afro-americanos, afro-europeus e afro-asiáticos são reais, ainda que às vezes vistas de modo tênue, e todos nós precisamos examinar sem sentimentalismo ou estereótipo o que a injeção de africanidade na consciência sociopolítica do mundo pode implicar. Precisamos unir nossas diferenças em favor de nossa sobrevivência, contra o ataque desesperado que tenta impedir essa africanidade de alterar as próprias bases de poder e privilégio do mundo atual.

DIFERENÇA E SOBREVIVÊNCIA
Um discurso no Hunter College

A vocês que estão aqui sentados, um pouco confusos e, espero, muito orgulhosos, me dirijo como uma poeta cujo papel é sempre encorajar a intimidade da investigação, pois acredito que, conforme cada um de nós aprende a suportar a intimidade com os piores medos que governam nossa vida e moldam nosso silêncio, eles começam a perder poder sobre nós.

Semana passada, perguntei a alguns de vocês se, de alguma maneira, estavam se sentindo diferentes e rapidamente vocês responderam de modo bem semelhante: "Oh, não, é claro que não. Não me sinto diferente de ninguém". Acredito que não foi por acaso que cada um de vocês ouviu minhas perguntas como "Vocês são melhores do que...?". Entretanto, vocês estão sentados aqui, agora, porque em determinado momento, e por alguma razão, ousaram ser excelentes, se destacaram. E, aqui neste lugar e instante específicos, isso os faz diferentes. É essa diferença que os convido a assumir e explorar para que ela não seja usada contra vocês nem contra mim. É no interior das nossas diferenças que somos mais poderosos e mais vulneráveis, e afirmar as diferenças e aprender a usá-las como pontes entre nós, em vez de como barreiras, são tarefas bem difíceis.

■ **Discurso não datado, publicado pela primeira vez nesta edição. Arquivos de Audre Lorde no Spelman College, caixa 8.**

Numa sociedade orientada para o lucro, que precisa de grupos de *outsiders* como excedente de pessoas, somos programados para reagir à diferença de três formas: ignorá-la, ao negar o que nossos sentidos registram, "Oh, nunca percebi"; se isso não for possível, então tentar neutralizá-la de uma destas duas maneiras: se, em nossas interações sociais introdutórias, a diferença foi definida para nós como boa, isto é, útil para a preservação do *status quo*, perpetuando o mito da homogeneidade, tentamos copiá-la; se tiver sido definida como ruim, por ser revolucionária ou ameaçadora, então tentamos destruí-la. No entanto, dispomos de poucos padrões de relações entre diferenças tidas como equivalentes. Quando não reconhecidas, nossas diferenças são usadas contra nós a serviço da separação e da confusão, pois as vemos apenas como oposição ao que somos, dominantes/subordinados, bons/ruins, superiores/inferiores. E, é claro, enquanto a existência de diferenças humanas significar que alguém deve ser inferior, o reconhecimento dessas diferenças será carregado de culpa e perigo.

A determinação de quais diferenças são positivas e de quais são negativas é feita por uma sociedade que já está estabelecida e, por isso, procura se perpetuar, com suas falhas e virtudes.

Ser muito bom em alguma coisa é visto como uma diferença positiva, então vocês serão encorajados a pensar em si mesmos como uma elite. Ser pobre, de cor, mulher, homossexual ou de idade é considerado negativo, de modo que essas pessoas são encorajadas a pensar em si como dispensáveis. Cada uma dessas definições impostas tem lugar não no crescimento e no progresso humanos, mas na desunião, pois representam a desumanização da diferença.

Certamente existem diferenças muito reais entre nós, de raça, de sexo, de idade, de sexualidade, de classe, de visão de mundo. Porém, não são as diferenças entre nós que nos afastam, que destroem o que temos em comum. É, em vez disso, nossa recusa em examinar as distorções que emergem de suas designações equivocadas e do uso ilegítimo que se pode fazer dessas diferenças quando não as reivindicamos nem as definimos por nossa conta.

Racismo. A crença na superioridade inerente de uma raça em relação a todas as outras e, portanto, o direito à dominância. Etarismo. Heterossexismo. Elitismo. Algumas distorções foram criadas em torno das diferenças humanas, e todas elas servem ao propósito da separação. É o trabalho de uma vida inteira extraí-las do nosso dia a dia, ao mesmo tempo que as reconhecemos, regeneramos e as definimos conforme são impostas, para então explorar o que elas podem nos ensinar sobre o futuro que devemos todos compartilhar. E nós não temos todo o tempo do mundo. As distorções são endêmicas em nossa sociedade, por isso empregamos a energia necessária para expor a diferença fingindo que ela não existe, o que, portanto, encoraja conexões falsas e traiçoeiras. Ou fingimos que as diferenças são barreiras intransponíveis, que encorajam o isolamento voluntário. De qualquer maneira, não desenvolvemos ferramentas para usar nossas diferenças como trampolins para mudanças criativas.

Geralmente nem sequer falamos sobre a diversidade humana, que é uma comparação dos atributos mais bem avaliados, pelo possível efeito e iluminação que podem ter na vida de cada pessoa. Em vez disso, falamos de desvio, que é um julgamento da relação entre o atributo e algumas construções há muito fixadas e estabelecidas. Em algum lugar no limite de todas as consciências, existe o que chamo de norma mítica, o que cada um de nós sabe, no fundo de si, como "não sou eu". Nesta sociedade, essa norma costuma ser definida como branco, magro, homem, jovem, heterossexual, cristão e financeiramente estável. É no interior dela que habitam as armadilhas do poder. Aqueles entre nós que estão fora desse poder, por alguma razão, com frequência identificam algo que nos difere, e presumimos que aquele traço seja a razão primária de toda opressão. Esquecemos das outras distorções em torno da diferença, algumas das quais podem estar em ação no nosso cotidiano. A diferença não reconhecida rouba de nós o *insight* criativo e a energia e cria uma falsa hierarquia.

Qual é o significado disso para cada um de nós? Isso significa que devo escolher definir minha diferença, assim como vocês devem escolher definir as suas, reivindicá-las e usá-las criativamente antes que alguém as defina por vocês e as use para erradicar qualquer futuro, qualquer mudança.

É preciso decidir o que significa ser excelente e persistir além da competência e das razões pelas quais fazem isso. Do contrário, essa habilidade – essa diferença definida como boa, porque figura como promessa de continuidade da segurança e da homogeneidade –, essa diferença será convocada para testemunhar contra sua criatividade, será empregada para isolar aquelas diferenças definidas/consideradas ruins, todas aquelas formas pelas quais a economia voltada para o lucro define as pessoas excedentes (diferentes). E, sobretudo, será usada para encurtar o seu futuro e o meu.

O abrigo da sua diferença é o anseio por maior poder e por uma vulnerabilidade mais profunda. É parte indelével do arsenal da vida. Se você permite que definam e imponham sua diferença, não importa qual, ela será definida em seu prejuízo, sempre, pois essa definição deve [ser] ditada pela necessidade da sua sociedade, e não fundir as necessidades da sociedade e as necessidades humanas. No entanto, conforme você reconhece sua diferença e examina como deseja usá-la e para quê – o poder criativo da diferença examinada –, poderá focar um futuro em que cada um de nós deve se comprometer de alguma forma específica, se ele vier a acontecer.

Esta não é uma discussão teórica. Falo aqui sobre a tessitura da vida de vocês, de seus sonhos, suas esperanças, suas visões, seu lugar no planeta. Todos esses elementos ajudarão a determinar a forma do seu futuro conforme eles nascerem de seus esforços, de suas dores e vitórias do passado. Apreciem-nos. Aprendam com eles. Nossas diferenças são polaridades entre as quais podemos produzir faíscas de possibilidades de um futuro que hoje nem sequer somos capazes de imaginar, quando reconhecemos que compartilhamos uma visão que nos une, não importa que a expressemos de formas diferentes, uma visão que pressupõe um futuro em que todos possamos florescer, assim como viver em uma terra que apoie nossas escolhas. Devemos definir nossas diferenças para que um dia possamos viver além delas, em vez de mudá-las.

Então, esse chamado é para que vocês se lembrem de buscar as próprias definições e viver intensamente. Não se acomodem com a estabilidade nem finjam semelhança e a falsa segurança que a homogeneidade parece oferecer. Sintam as consequências das pessoas que desejam ser; do contrário, não criarão nada de valor duradouro, porque detiveram alguma parte do essencial, que são vocês mesmos.

E não se enganem: vocês serão pagos para não sentir, para não investigar a função de suas diferenças e seus significados, até que seja tarde demais para sentirem qualquer coisa. Vocês serão pagos com confortos materiais venenosos, com falsas garantias, com crenças espúrias de que a batida na porta à meia-noite sempre será na porta de outra pessoa. No entanto, não existe sobrevivência separada.

O PRIMEIRO RETIRO FEMINISTA NEGRO

Um trabalho importante está sendo feito aqui hoje, e peço que não limitemos nossas análises, nossos planos e sonhos a meras soluções reativas. Com isso, quero dizer que, ao mesmo tempo que nos organizamos diante de questões urgentes e específicas, também devemos desenvolver e manter uma visão em andamento, e as próximas teorias devem acompanhar essa visão, da razão de nossa luta – da forma, do gosto e da filosofia que gostaríamos de ver.

Se nos restringirmos ao uso dos jogos de poder dominantes que fomos ensinadas a temer, mas que ainda respeitamos porque funcionaram num contexto anti-humano, correremos o risco de definir nosso trabalho simplesmente trocando papéis dentro das relações de poder opressoras, em vez de tentarmos alterar e redefinir a natureza delas. Isso resultaria apenas na eventual emergência de outro grupo oprimido; dessa vez seríamos as fiscais. Mas nossa posição singular dentro desse sistema é questionar suas pressuposições mais caras e mudá-las radicalmente, não apenas cooptá-las e fazer com que nos sirvam.

■ Discurso realizado em 6 de julho de 1977 no primeiro retiro feminista negro e publicado pela primeira vez nesta edição. Arquivos de Audre Lorde no Spelman College, caixa 8. O retiro foi promovido pelo coletivo Combahee River, uma organização negra feminista ativa em Boston de 1974 a 1980, fundada por Barbara Smith. Entre 1977 e 1979 o coletivo organizou sete retiros, com cerca de vinte participantes cada, para estimular a troca de ideias e ações e o fortalecimento do movimento feminista negro.

É verdade que devemos usar o que for possível mobilizar para nossa pauta, lidar pragmaticamente com o fato de que, ao nosso redor, nossas irmãs e nossas crianças estão morrendo, sem alarde. No entanto, enquanto nos organizamos em torno de questões específicas como aborto, esterilização e sistemas de saúde, também devemos empregar nossas energias para definir consistentemente o contorno do futuro pelo qual estamos trabalhando, assim como para realizar uma investigação constante da natureza do povo que queremos ser, porque é por meio desse repertório que todas as questões devem ser abordadas. De que maneira podemos parar de contribuir com nossa opressão? Quais suposições do inimigo devoramos e de quais nos apropriamos?

Porque levo minha presença neste espaço muito a sério, me perguntei qual é minha função aqui. Sou poeta e não posso estar alheia ao fato de que são nossas visões que nos sustentam. Não podemos negligenciá-las nem nos deixar enganar por elas. Não tratem seus sonhos com leviandade. Eles apontam o caminho em direção ao futuro que se torna possível porque acreditamos neles e nos esforçamos por eles, que também agem em nosso favor.

Existe um mundo em que desejamos viver. Não é fácil alcançá-lo. Nós o chamamos de futuro. Se, como feministas negras, não começarmos a falar, a pensar e a sentir a forma que ele terá, nos condenaremos e aos nossos filhos a um ciclo ininterrupto de corrupção e falhas. Não é nosso destino repetir os erros da américa branca, mas será, se formos enganadas por seus símbolos de sucesso.

QUANDO A IGNORÂNCIA VAI ACABAR?
Discurso na Conferência Nacional de Gays e Lésbicas do Terceiro Mundo

Quero aplaudir cada um de vocês que está sentado aqui esta noite. É uma experiência maravilhosa e profunda ver fileiras e mais fileiras ocupadas, pois somos a prova do poder da visão.

A ignorância vai acabar quando começarmos a buscar o conhecimento em nosso interior e a confiar nele, quando ousarmos mergulhar no caos que precede o entendimento e voltarmos com novas ferramentas destinadas à ação e mudança. Pois dentro desse conhecimento profundo nossas visões são abastecidas, e são elas que estabelecem os fundamentos para nossas ações e para nosso futuro.

Esta conferência é uma afirmação do poder da visão. Até mesmo pronunciar estas palavras, Conferência Nacional de Gays e Lésbicas do Terceiro Mundo, é um triunfo da visão. Há trinta anos isso só seria possível nos nossos sonhos do que talvez, um dia, poderia acontecer. Apesar do fato de que, como sabemos, sempre estivemos em todos os lugares, não é? O poder da visão nos alimenta, nos encoraja a crescer e a mudar, a trabalhar por um futuro que ainda não existe.

Estou aqui como uma lésbica negra guerreira poeta, de 46 anos, e vim fazer meu trabalho enquanto vocês vieram realizar

■ Discurso proferido em Washington D.C., em 13 de outubro de 1979. Uma versão condensada desse discurso foi publicada em *Off Our Backs* 9, n. 10 (nov. 1979). A versão completa é publicada aqui pela primeira vez. Arquivos de Audre Lorde no Spelman College, caixa 8.

o seu – tarefas da alegria, da luta, da comunidade, e o trabalho de redefinir nosso poder conjunto e nossos objetivos, para que assim nossos jovens não precisem sofrer o isolamento que muitos de nós conhecemos. E, enquanto estivermos aqui, peço a cada um de vocês que se lembre dos fantasmas, que carregamos dentro de nós, daqueles que nos antecederam – a memória daquelas lésbicas e daqueles homens gays das nossas comunidades de cujo poder e conhecimento fomos privados, aqueles que nunca estarão conosco e aqueles que não estão aqui agora. Algumas de nossas irmãs e irmãos não estão aqui porque não sobreviveram aos nossos holocaustos nem viveram para ver o dia em que finalmente aconteceu a Conferência Nacional de Gays e Lésbicas do Terceiro Mundo.

Alguns não podem estar aqui por causa de entraves externos, e às irmãs e aos irmãos na prisão, em instituições psiquiátricas, aqueles que têm alguma deficiência ou que são vítimas de doenças incapacitantes, peço a atenção e o interesse (que é outra palavra para amor) de vocês.

Outros não estão aqui, porém, porque sua vida foi tão cheia de medo e isolamento que perderam a capacidade de se aproximar. E, como cada um de nós aqui nesta noite sabe, muitos gays e lésbicas vivem presos em seus medos, em seu silêncio, em sua invisibilidade, e eles existem num vale triste de terror, atados a amarras de conformidade. Para estes também peço sua compreensão, pois também sabemos que a conformidade é tão sedutora quanto destrutiva, além de ser uma prisão terrível e dolorosa.

Então, hoje, enquanto festejamos, deixemos cair um pouco de bebida no chão, digamos que é uma libação, que é um antigo costume africano, pelas irmãs e pelos irmãos que não sobreviveram. É no interior dos contextos de nosso passado, de nosso presente e de nosso futuro que devemos redefinir a comunidade.

Na consolidação desta reunião e do poder potencial de nosso contingente, lembrem-se também de quanto trabalho ainda há a ser feito em nossas comunidades. No presente, a visão precisa apontar o caminho das ações em todos os níveis de existência: a forma como votamos, nos alimentamos, nos relacionamos uns com os outros, criamos nossos filhos, trabalhamos pela mudança. Neste fim de semana estamos aqui não só para compartilhar experiências e conexões, não apenas para debater muitos aspectos relacionados à liberdade para todas as pessoas homossexuais. Também estamos aqui para examinar nossos papéis como forças poderosas dentro de nossas comunidades, até que todos seus cidadãos sejam livres. Então, estamos aqui para ajudar a moldar um mundo onde todas as pessoas possam florescer, além do machismo, do racismo, do etarismo, do classismo, da homofobia. Para isso, devemos nos perceber dentro do contexto de uma civilização que cultiva ódio e desrespeito notórios por qualquer valor humano, por qualquer criatividade ou diferença genuína. É na nossa habilidade de olhar honestamente para nossas diferenças, de reconhecê-las como criativas, e não como desagregadoras, que nosso futuro pode repousar.

Estamos aqui na Conferência Nacional de Gays e Lésbicas do Terceiro Mundo. Isso revela o que nos une. Existe uma diversidade maravilhosa de grupos nesta conferência, e uma diversidade maravilhosa entre nós no interior desses grupos. Essa diversidade pode ser uma força criadora, uma fonte de energia para abastecer nossas visões de futuro. Não vamos deixar que seja usada para nos separar nem para nos separar das nossas comunidades. É assim que eles se enganam a nosso respeito. Não quero que cometamos o mesmo erro.

Neste país, historicamente, todas as pessoas oprimidas foram ensinadas a temer e desprezar qualquer diferença entre nós, uma vez que a diferença tem sido usada com crueldade contra nós. E sabemos como a homofobia pode ser especialmente dolorosa em nossas comunidades, uma vez que também compartilhamos uma luta com as irmãs e os irmãos homofóbicos.

Portanto, nossos movimentos para a mudança deveriam ser iluminados por esse conhecimento e implementar as lições que aprendemos dentro das comunidades das quais fazemos parte. E não devemos jamais esquecê-las: não podemos separar nossas opressões, ainda que elas não sejam as mesmas. Nenhum de nós será livre até que todos sejamos livres; e qualquer movimento por dignidade e liberdade também é um movimento por nossas comunidades, pelos irmãos e pelas irmãs, quer eles reconheçam isso, quer não. Entre nós, a diferença não deve ser usada para nos separar, e sim para criar energia para a mudança social ao mesmo tempo que preservamos nossa individualidade. E, embora tenhamos sido programados para olhar uns aos outros com medo e desconfiança (a velha tática de "dividir para conquistar"), podemos superar esse medo aprendendo a respeitar nossas visões do futuro mais do que os terrores do passado. E isso não pode ser feito sem um trabalho pessoal árduo e, às vezes, análises dolorosas da mudança.

Não se enganem. Isso não diz respeito apenas às irmãs e aos irmãos heterossexuais; nós também fomos ensinados a reagir a qualquer diferença com um instinto assassino: destruir. Chamo isso de psicologia da veia jugular: "Não gosto do jeito como você age, então vou eliminá-lo imediatamente". Bem, isso não vai funcionar para nós aqui. Vamos aprender como transformar nossas diferenças em poder e combustível para a imaginação e para a mudança.

Precisamos nos fazer perguntas realmente difíceis durante este fim de semana. Por exemplo, o que significa apoio real num ambiente com frequência hostil? No que consiste e o que implica uma cultura genuinamente sem machismo, sem racismo? O que significa a responsabilidade da comunidade? Somente apertos de mão elaborados, trajes despojados da moda, o direito de apenas dar as mãos no meio da rua? Ou construir verdadeiras redes de apoio para cada um de nós nas comunidades, para que, independentemente de quando, onde e como estejamos ativos dentro desse sistema que canibaliza amores e vidas; quando e onde estivermos em atividade dentro desse sistema, trabalhemos para trazer mais humanidade e mais luz uns para os outros e para aqueles que, como nós, sentiram o gume afiado da rejeição. Nesta sala há uma quantidade significativa de pessoas-poder para a mudança social, e isso deve se tornar uma potência consciente e útil.

Como mulher negra e lésbica, vivi sem esse apoio a maior parte de minha vida e sei o quanto me custou e o quanto custa para muitos de vocês. Para mim, era apenas a consciência, a visão, de uma comunidade em algum lugar, algum dia – foi somente a ideia da existência e da possibilidade do que aconteceria, de fato, aqui, hoje à noite, que me ajudou a me manter sã. E às vezes nem mesmo isso. Agora temos a chance de realmente apoiarmos uns aos outros.

Estamos aqui em busca de um novo tipo de poder, a força para mudar que está além das formas antigas, que não nos servem. Estamos aqui porque cada um de nós acredita em um futuro para esta geração e para as posteriores. Estamos redefinindo nosso poder por um motivo, e esse motivo é um futuro, que está em nossas crianças e jovens. Falo aqui não apenas daquelas crianças de quem somos pais e mães, mas de todas juntas, pois são de nossa responsabilidade conjunta, são nossa esperança. Elas têm o direito de crescer, livres das doenças do racismo, do machismo, do classismo, da homofobia e do terror diante de qualquer diferença. Essas crianças vão se apropriar do que fizermos e se encarregarão de levar adiante por meio de suas visões, as quais, por sua vez, serão diferentes das nossas. No entanto, elas precisam de nós como modelos, para saber que não estão sozinhas ao ousarem definir quem são fora do que é aprovado pelas estruturas. Elas precisam saber das nossas vitórias e dos nossos erros.

Então, neste fim de semana, peço que nós nos comprometamos com as crianças de nossas comunidades, com um futuro em que elas sejam livres da opressão e do abuso, assim como da fome. Peço que, no planejamento e nas discussões realizadas aqui, incluamos as crianças e sejamos capazes de produzir reflexões e conhecimentos que as levem em consideração, a fim de que não sejam tiranizadas nem colocadas em guetos, como nós fomos. Precisamos nos envolver ativamente com as formas como as crianças das nossas comunidades estão sendo socializadas para aceitar as diversas formas das próprias mortes, comendo veneno, lendo veneno, aprendendo veneno. Por exemplo, onde nossas crianças aprendem lições de racismo, machismo, classismo, homofobia e auto-ódio? O que as escolas estão ensinando para elas?

O que ousamos sonhar hoje, podemos trabalhar para tornar real amanhã. Visões apontam o caminho para transformar o possível em real. Há trinta anos, a maioria de vocês nesta sala, por não serem brancos, não poderia tomar um sorvete numa lanchonete em Washington D.C. A ideia de uma conferência como esta era um sonho impossível. Agora o futuro é nosso, com visão e trabalho. E esse trabalho não será fácil, pois aqueles que temem nossos planos vão tentar mantê-los silenciosos e invisíveis. Mas a ignorância vai acabar quando estivermos preparados para nos arriscar e dar fim a ela, dentro de nós, dentro das comunidades em que vivemos. Esse é o verdadeiro amor, esse é o verdadeiro poder.

Nós nos posicionamos como o último bastião de humanidade num mundo cada vez mais despersonalizado e anti-humano. A busca por aceitação não deve nos cegar para a necessidade ampla e genuína de mudança. Devemos nos perguntar sempre: de qual mundo realmente queremos fazer parte?

Como lésbicas e gays, temos sido os mais desprezados, os mais oprimidos, as pessoas que mais receberam cusparadas em nossas comunidades. E sobrevivemos. Essa sobrevivência é testemunho da nossa força. Sobrevivemos e nos reunimos hoje para usar essa força e implementar um futuro, com esperança, que será livre dos erros de nossos opressores, assim como dos nossos erros. O que estamos fazendo aqui neste fim de semana pode ajudar a moldar nosso amanhã e o mundo.

Vamos mudar totalmente como a banda toca.

DISCURSO PROFERIDO NA "LITANIA PELO COMPROMISSO" NA MARCHA DE WASHINGTON

Sou Audre Lorde e falo em nome da Coalizão Nacional de Lésbicas Negras e Gays Negros. A marcha de hoje se junta abertamente ao movimento negro pelos direitos civis nas lutas em comum que sempre travamos por emprego, saúde, paz e liberdade. Marchamos em 1963 com o dr. Martin Luther King e ousamos sonhar que aquela liberdade nos incluiria, porque nenhum de nós é livre para escolher condições de vida até que todos sejamos livres para escolher esses termos.

Hoje, o movimento negro pelos direitos civis se comprometeu a apoiar a legislação pelos direitos civis dos homossexuais. Hoje marchamos, lésbicas e homens gays e nossos filhos, e nos manifestamos ao lado de todos os irmãos e irmãs que estão lutando, aqui e em todo o mundo, no Oriente Médio, na América Central, no Caribe e na África do Sul, compartilhando o compromisso por um futuro comum habitável. Sabemos que não precisamos nos tornar cópias uns dos outros para sermos capazes de trabalhar juntos. Sabemos que, quando damos as mãos ao redor da mesa de nossas diferenças, a diversidade nos concede um grande poder. Quando pudermos nos armar com a força e a visão de todas as nossas diversas comunidades, então, enfim, seremos verdadeiramente livres.

■ Discurso proferido em 27 de agosto de 1983, durante a Marcha de Washington. Publicado pela primeira vez nesta edição. Arquivos de Audre Lorde no Spelman College, caixa 8.

DISCURSO DE ABERTURA DA FORMATURA NO OBERLIN COLLEGE

Parabenizo todos vocês por este momento. A maioria das pessoas não se lembra dos discursos que são proferidos durante sua formatura. No ano que vem, quando alguém perguntar quem falou na sua colação de grau, imagino o que vocês dirão. Lembro que foi uma mulher negra de meia-idade. Lembro que ela tinha uma bela voz. Lembro que era poeta. Mas o que foi que ela disse? Afinal, não existem ideias novas. Apenas novas maneiras de fazer com que aquelas se tornem reais e ativas em nossa vida. O que a maioria de vocês não precisa agora é de mais retórica. Vocês precisam é de fatos que não costumam obter para ajudá-los a forjar armas úteis para a guerra em que todos nós estamos envolvidos. Uma guerra pela sobrevivência no século XXI, a sobrevivência deste planeta e de todos os seus habitantes.

AGRADECIMENTO A JESSE JACKSON

Os Estados Unidos e a União Soviética
são os países mais poderosos do mundo
mas apenas $\frac{1}{8}$ da população mundial
Povos africanos também são $\frac{1}{8}$ da população mundial
$\frac{1}{2}$ da população mundial é asiática

■ Discurso realizado em 29 de maio de 1989 e publicado pela primeira vez nesta edição. Arquivos de Audre Lorde no Spelman College, caixa 8.

½ desse total é chinesa
Existem 22 nações no Oriente Médio
Não três.

A maioria das pessoas do mundo
são amarelas, negras, marrons, pobres, mulheres
Não são cristãs
nem falam inglês.

Por volta do ano 2000
as 20 maiores cidades do mundo
terão duas coisas em comum
nenhuma delas será na Europa
e nenhuma nos Estados Unidos.

Vocês são todos tão bonitos. Mas já vi jovens bonitos e especiais antes e me pergunto onde eles estarão agora. O que os torna diferentes? Bem, para começar, vocês são diferentes porque pediram a mim para vir aqui e falar com meu coração, neste que é um dia muito especial para vocês. Então, quando lhes perguntarem quem falou em sua colação de grau, lembrem-se: sou uma lésbica negra feminista guerreira poeta fazendo o meu trabalho, e parte do meu trabalho é perguntar: vocês estão fazendo seu trabalho? E, quando lhes perguntarem, o que foi que ela disse, respondam que lhes fiz a pergunta mais fundamental de sua vida – quem são vocês e como estão usando os poderes dessa identidade a serviço daquilo em que acreditam? Vocês estão herdando um país que se tornou histérico com a negação e a contradição. Mês passado, cinco homens lançaram no espaço um satélite que está a caminho do planeta Vênus, e a taxa de mortalidade infantil na capital deste país é mais alta do que a do Kuwait. Somos cidadãos do país mais poderoso do mundo – também somos cidadãos de um país que se posiciona do lado errado em todas as lutas por libertação. Percebam o que isso significa. É uma realidade que nos assombra e que pode ajudar a orientar nossos sonhos. Não é altruísmo, é autopreservação. Sobrevivência.

Uma mulher branca de 28 anos é espancada e estuprada no Central Park. Oito meninos negros foram presos e acusados de participar de um tumulto contra praticantes de *jogging*. Isso é um pesadelo que afeta todos nós. Rezo pelo corpo e pela alma de cada um desses jovens capturados nessa tragédia composta de violência e represália social. Nenhum de nós escapa da desumanização do outro. Usando quem somos, testemunhamos com nossa vivência que aquilo em que acreditamos não é altruísmo: é uma questão de autopreservação. Crianças negras não declararam guerra a esse sistema, foi o sistema que declarou guerra às crianças negras, meninos e meninas.

Ricky Boden, onze anos, de Staten Island, morto pela polícia em 1972. Clifford Glover, dez anos, do Queens, Nova York, morto pela polícia em 1975. Randy Evans, catorze anos, do Bronx, Nova York, morto pela polícia em 1976. Andre Roland, aluno do sétimo ano, encontrado enforcado em Columbia depois de ter sido ameaçado por namorar uma menina branca. A lista continua. Vocês são fortes e inteligentes. Sua beleza e seu potencial pairam em torno do rosto de vocês como uma névoa. Eu imploro: não os desperdicem. Traduzam esse poder e essa beleza em ação onde quer que estejam ou estarão participando de sua própria destruição.

Não tenho trivialidades para vocês. Antes de a maioria presente aqui completar trinta anos, 10% estará envolvido com pesquisa espacial, e 10% terá contraído Aids. Alega-se que essa doença, que talvez venha a rivalizar com a praga da Idade das Trevas, teria surgido na África, de maneira espontânea, passada inexplicavelmente do macaco-verde para o homem. No entanto, em 1969, há vinte anos, um livro chamado *A Survey of Chemical and Biological Warfare* [Uma pesquisa sobre guerras químicas e biológicas], escrito por John Cookson e Judith Nottingham, publicado pela Monthly Review Press, analisava a doença do macaco-verde como uma doença venérea fatal para o sangue e os tecidos, transmitida por um vírus que é um exemplo da nova classe de organismos causadores de doenças, de interesse para a guerra biológica. Nele também se discute a possibilidade de esse vírus ter sido geneticamente modificado para produzir "novos" organismos.

Mas tenho esperança. Encarar as realidades de nossas vidas não é motivo para desespero – o desespero é uma ferramenta dos inimigos. Confrontar as realidades nos dá motivação para agir. Porque vocês não são impotentes. Esse diploma é parte do seu poder. Vocês sabem por que as perguntas difíceis devem ser feitas. Não é altruísmo, é autopreservação – sobrevivência.

Cada um de nós nesta sala é privilegiado. Vocês têm uma cama e não passam fome. Nós não estamos entre os milhões de pessoas sem-teto que vagam hoje pela américa. Esse privilégio não é motivo para culpa, é parte do seu poder, para ser usado com o propósito de apoiar as coisas em que dizem acreditar. Porque não aproveitar um privilégio é o erro mais grave de quem o tem. Os mais pobres, um quinto da nação, se tornaram 7% mais pobres nos últimos dez anos, e a quinta porção mais rica do país ficou 11% mais rica. Quanto da vida vocês desejam gastar apenas para proteger seu *status* privilegiado? É mais do que estão preparados para gastar para pôr em prática seus sonhos e suas crenças em um mundo melhor? É com isso que criatividade e empoderamento se relacionam. O resto é destruição. E será uma coisa ou outra.

Não basta acreditar na justiça. A renda média de famílias negras e latinas caiu nos últimos três anos, enquanto a renda média das famílias brancas subiu 1,5%. Estamos a onze anos de um novo século, e um líder da Ku Klux Klan ainda pode ser eleito para o Congresso pelo Partido Republicano na Louisiana. Meninos negros de catorze anos que cursam o sétimo ano ainda são linchados porque namoram uma menina branca. Dizer que somos contra o racismo não é suficiente.

Não basta acreditar que todo mundo tem direito à sua orientação sexual. Piadas homofóbicas não são apenas brincadeiras de fraternidade universitária. Ofender gays não é brincadeira.

Há menos de um ano um homem branco atirou em duas mulheres num *camping* na Pensilvânia e matou uma delas. Ele alegou inocência, argumentando que enlouqueceu com as duas fazendo amor na barraca delas. Se vocês estivessem sentados naquele júri, o que decidiriam?

Não basta acreditar que o antissemitismo é errado, quando o vandalismo em sinagogas tem aumentado, em meio ao crescimento do fascismo cultivado em casa por grupos de ódio como o Christian Identity e o American Front, de Tom Metzger. O aumento de piadas contra mulheres judias mascara o antissemitismo, assim como o ódio às mulheres. O que vocês dirão da próxima vez em que ouvirem uma anedota de princesinha judia americana?

Não precisamos nos transformar uns nos outros para trabalharmos juntos. Mas precisamos reconhecer uns aos outros, nossas diferenças e também as semelhanças de nossos objetivos. Não pelo altruísmo. Pela autopreservação – sobrevivência.

Todos os dias são um treino para vocês se tornarem quem querem ser. Nenhum milagre repentino vai acontecer e transformá-los em pessoas audazes, corajosas e verdadeiras. E, a cada dia em que vocês se calam, recusando-se a usar seus poderes, coisas terríveis são feitas em seu nome.

Nossos impostos federais contribuem com 3 bilhões de dólares anuais em ajuda econômica e militar para Israel. Mais de 200 milhões desse montante são usados para combater as revoltas do povo palestino, que está tentando impedir a ocupação militar de sua terra natal. Soldados israelenses atiram bombas de gás lacrimogêneo fabricadas na américa em lares e hospitais palestinos, matando bebês, doentes e idosos. Milhares de jovens palestinos, alguns com apenas doze anos, são detidos sem julgamento em campos de detenção de arame farpado, e vários judeus conscientes, contrários a esses atos, foram presos.

Encorajar seus parlamentares a pressionar por uma solução pacífica no Oriente Médio e pelo reconhecimento dos direitos do povo palestino não é altruísmo, é sobrevivência.

Meus irmãos e irmãs, peço sobretudo que se lembrem, enquanto lutamos contra as muitas faces do racismo em nosso dia a dia como afro-americanos, de que somos parte de uma comunidade internacional de pessoas de cor e de que os povos africanos na diáspora ao redor do mundo estão nos olhando e perguntando: como estamos usando nosso poder? Estamos permitindo que nosso poder seja usado contra eles, irmãos e irmãs na luta pela libertação?

O *apartheid* é uma doença que se espalha da África do Sul para todo o sul do continente africano. Esse sistema genocida da África do Sul é mantido pelo apoio militar e econômico dos Estados Unidos, de Israel e do Japão. Deixem-me dizer aqui que apoio a existência do Estado de Israel como apoio a existência dos Estado Unidos, mas isso não me cega para as graves injustiças que emanam de ambos. Israel e a África do Sul estão intimamente interligados política e economicamente. Não há diamantes em Israel, embora os diamantes sejam a principal fonte de renda israelense. Enquanto isso, pessoas negras são escravizadas em minas de diamante na África do Sul por menos de trinta centavos por dia.

Não é suficiente dizer que somos contra o *apartheid*. Quarenta milhões de dólares dos nossos impostos são destinados a ajudar a África do Sul – para reprimir a luta da União Nacional para a Independência Total de Angola (Unita). Nossos dólares pagam pelas minas terrestres responsáveis pela amputação de mais de 50 mil angolanos. Parece que Washington está se unindo à África do Sul para evitar a independência da Namíbia. Não se enganem. África do Sul, Angola e Namíbia serão livres. No entanto, o que diremos quando nossos filhos nos perguntarem: mamãe, papai, o que vocês estavam fazendo quando balas fabricadas na américa assassinaram crianças negras em Soweto?

Neste país, crianças de todas as cores estão morrendo por negligência. Desde 1980, a pobreza aumentou 30% entre as crianças negras da américa. Cresceram na pobreza 50% das crianças afro-americanas e 30% das crianças latinas, e esse índice é ainda mais alto quando se trata dos povos indígenas desta terra, os indígenas americanos. Enquanto a cápsula *Magellan* viaja pelo espaço em direção a Vênus, a cada minuto trinta crianças morrem de fome e falta de assistência médica. Em cada um desses minutos, 1,7 milhão de dólares é gasto com guerras.

Os patriarcas brancos nos disseram: "Penso, logo existo". Contudo, a mãe negra dentro de cada um de nós – a poeta dentro de cada um – sussurra em nossos sonhos: "Sinto, logo posso ser livre". Aprendam a usar o que sentem para se mover em direção à ação. A mudança, tanto pessoal como política, não acontece em um dia nem em um ano, mas nas escolhas do dia a dia, na maneira como a nossa vida testemunha aquilo em que dizemos acreditar, que nos empoderam. Seu poder é relativo, porém é real. E, se vocês não aprenderem a usá-lo, ele será usado contra vocês, contra mim, contra nossas crianças. A mudança não começa nem termina com vocês, pois o que vocês fazem com a própria vida é um elo absolutamente vital dessa corrente. O testemunho do cotidiano é um retalho que falta à trama do futuro.

Há tantas partes diferentes de cada um de nós. E há tantos de nós. Se pudermos imaginar o futuro que desejamos, poderemos trabalhar para fazê-lo acontecer. Precisamos das diferentes partes de quem somos para sermos fortes, assim como precisamos uns dos outros e das lutas de cada um para o empoderamento.

Esse poder repentino que vocês sentem agora não pertence a mim, nem a seus pais, nem aos professores. Esse poder vive dentro de vocês. Ele é seu, vocês o possuem e vão levá-lo para fora desta sala. Quer o usem, quer o desperdicem, será responsabilidade de vocês. Boa sorte a todos. Juntos, no reconhecimento das diferenças, podemos vencer, e venceremos. A LUTA CONTINUA.[6]

---

6 \ Em português no original. "A luta continua" foi um grito de guerra usado pela Frente de Libertação de Moçambique durante a insurreição que levou à independência do país, em 1975. [N.E.]

NÃO EXISTE HIERARQUIA DE OPRESSÃO

Nasci negra e mulher. Estou tentando me tornar a pessoa mais forte possível para usufruir a vida que me foi dada e ajudar a desencadear as mudanças em direção a um futuro aceitável para o planeta e para minhas crianças. Como negra, lésbica, socialista, mãe de dois, entre eles um menino, e integrante de um casal inter-racial, com frequência me vejo parte de um grupo em que a maioria me define como desviante, difícil, inferior ou simplesmente "errada".

Com minha presença em todos esses grupos, aprendi que a opressão e a intolerância com a diferença podem se manifestar em todas as formas, cores e sexualidades; e que, entre aqueles com quem compartilhamos os objetivos de libertação e de um futuro possível para nossos filhos, não podem existir hierarquias de opressão. Aprendi que o machismo (uma crença na superioridade inerente de um sexo sobre todos os outros e, portanto, seu direito à dominância) e o heterossexismo (uma crença na superioridade inerente de uma forma de amor acima de todas as outras e, portanto, seu direito à dominância) emergem ambos da mesma fonte que o racismo – uma crença na superioridade inerente de uma raça sobre todas as outras e, portanto, seu direito à dominância.

■ Publicado originalmente em *Interracial Books for Children Bulletin* 14, n. 3 (1983), e posteriormente em *Dangerous Liaisons: Blacks, Gays and Struggle for equality*, Eric Brandt (New York: New Press, 1999).

"Oh", diz uma voz da comunidade negra, "mas ser negro é NOR-MAL!" Bem, eu e muitas pessoas negras da minha idade podemos nos lembrar dos tristes dias em que não costumava ser.

Simplesmente não acredito que um aspecto do meu ser possa se beneficiar com a opressão de qualquer outra parte da minha identidade. Sei que meu povo provavelmente não pode ser beneficiado pela opressão de qualquer outro grupo que busque o direito a uma existência pacífica. Em vez disso, nos diminuímos ao recusar aos outros o que conseguimos para nossos filhos à custa do nosso sangue. E aquelas crianças precisam aprender que não é necessário se tornar idênticas para trabalharem juntas em prol de um futuro que todos vão compartilhar.

Os ataques crescentes às lésbicas e aos gays são somente o prelúdio a ataques mais frequentes aos negros, pois, onde quer que a opressão se manifeste neste país, pessoas negras são víti-mas em potencial. É um padrão do cinismo direitista encorajar integrantes de grupos oprimidos a agir uns contra os outros, e, enquanto estivermos divididos por causa de nossas identidades específicas, não poderemos nos unir numa ação política efetiva.

Dentro da comunidade lésbica, sou negra, dentro da comuni-dade negra, sou lésbica. Qualquer ataque contra pessoas negras é uma questão que envolve gays e lésbicas, porque eu e milhares de outras mulheres negras somos parte da comunidade lésbica. Qualquer ataque a lésbicas e gays é uma questão que envolve os negros, porque milhares de lésbicas e gays são negros. Não existe hierarquia de opressão.

Não é acidental que o Family Protection Act,[7] que agressiva-mente se posiciona contra as mulheres e contra os negros, o seja também contra os gays. Como uma pessoa negra, sei quem são meus inimigos, e, quando a Ku Klux Klan vai a um tribunal em

---

7\ Emenda de 1981 revogando leis federais que promoviam direitos iguais para mulheres, inclusive atividades coeducacionais relacionadas a escolas e proteção a esposas vítimas de violência doméstica, com o fornecimento de incentivos fiscais para mães casadas ficarem em casa.

Detroit para tentar forçar o Conselho de Educação a retirar de circulação os livros que acredita que "incitam a homossexualidade", então sei que não posso me dar ao luxo de combater apenas uma forma de opressão. Não posso me dar ao luxo de acreditar que estar livre da intolerância é somente direito de um grupo específico. Tampouco posso me dar ao luxo de escolher as frentes nas quais devo lutar contra essas forças da discriminação, onde quer que elas apareçam para me destruir. E, quando eles aparecerem para me destruir, não demorará muito até que apareçam para destruir vocês.

O QUE ESTÁ EM JOGO NA PUBLICAÇÃO DE GAYS E LÉSBICAS HOJE

O que está em jogo hoje na publicação de lésbicas e gays é o que sempre esteve, nossa sobrevivência, nosso futuro; para cada um de nós e para todos coletivamente, cabe a pergunta: "Como nos definimos e como nos posicionamos quando estamos em busca daquilo em que dizemos acreditar?".

Somos lésbicas e gays ajudando a moldar um futuro para nós e para as várias comunidades das quais fazemos parte e dentro das quais precisamos definir o significado de ser lésbica e gay. Sem a comunidade, qualquer coisa que façamos é apenas uma trégua temporária entre um indivíduo e sua situação particular.

A publicação de livros de lésbicas e gays não existe no vácuo, entretanto não somos um grande tonel de leite homogeneizado. Somos lésbicas e gays em um mundo de histeria, negação e contradição crescentes – um mundo em que a disparidade crescente entre os que têm e os que não têm ameaça explodir na porta de nossas casas. É claro, vocês dizem, reconhecemos a importância de uma visão de mundo – sabemos que a camada de ozônio está desaparecendo, que o avanço nuclear está envenenando o planeta. No entanto, para um percentual cada vez maior de pessoas nesta terra, assistir aos filhos morrer de fome em Lahore e no Sahel, crianças perdidas para as drogas em Los Angeles e Nova

■ **Cerimônia do prêmio Bill Whitehead, realizada em 15 de maio de 1990. Publicado pela primeira vez nesta edição. Arquivos de Audre Lorde no Spelman College, caixa 8.**

York, pisoteadas até a morte em Leipzig, Berlim e no Brooklyn por causa da cor da pele torna o holocausto nuclear e o desastre ecológico preocupações menores. O que os livros de lésbicas e gays têm a lhes oferecer?

Sou uma lésbica negra feminista guerreira poeta mãe, mais forte por causa de todas as minhas identidades, e sou indivisível. O poder e os *insights* dessas identidades resultaram na obra que vocês celebram aqui esta noite.

O aumento dos ataques racistas, antissemitas e homofóbicos aqui na América do Norte está sendo copiado pela europa com o surgimento de atividades neofascistas contra afro-europeus, judeus, homossexuais e trabalhadores estrangeiros.

Escritoras lésbicas e autores gays de cor neste país articulam em suas obras questões e posicionamentos que devem ser ouvidos, se pretendemos sobreviver no século XXI. Quantas dessas lésbicas e gays estão incluídos no Triangle Group, apoiados ou estimulados por seus integrantes individuais? Escritoras lésbicas e autores gays por toda a europa documentam o que as mudanças políticas naquele continente podem significar para as pessoas de cor, isto é, para a maioria das pessoas neste planeta. Quantos desses escritores vocês conhecem? Como usam o seu poder quando os originais deles chegam às suas mesas, quando anúncios modestos de seus livros são entregues em suas caixas de correio?

O que está em jogo na publicação de lésbicas e gays, em 1990, simplesmente é: como vocês se definirão no século XXI em um mundo em que sete oitavos da população correspondem a pessoas de cor? E como usarão o poder engendrado por suas definições?

Reconheço a homenagem concedida com este prêmio. No entanto, homenagens são mais significativas quando incluem as decisões dos semelhantes. Quantas lésbicas e gays fazem parte do seu grupo? Quantos foram cogitados para este prêmio? Ou, ainda, quantos escritores de cor vocês publicaram, ou encorajaram, ou ajudaram a dar voz de alguma maneira? Na Marcha Nacional de Lésbicas e Gays em Washington D.C., o maior encontro de lésbicas e gays organizado até o momento, foi promovida uma exposição de livros que ignorava as obras de homossexuais de cor. Escritoras lésbicas e autores gays de cor, nossos trabalhos e nossas preocupações, frequentemente são invisíveis em boletins sobre literatura e publicações que circulam nas comunidades LGBTQI+.

A Kitchen Table: Women of Color Press foi fundada e é mantida por lésbicas de cor. É a primeira nos anais do mercado editorial de lésbicas e gays, e estamos nos aproximando de nosso décimo aniversário. Onde estamos representadas neste evento?

Um prêmio não vai contrabalançar a invisibilidade contínua de escritoras lésbicas e de autores gays de cor.

Acredito que o Prêmio Memorial Bill Whitehead é concedido a mim de boa-fé. Portanto, aceito o reconhecimento que este prêmio proporciona, mas não aceitarei nenhum dinheiro do Triangle Group. Se essa corporação deseja honrar verdadeiramente minha obra, construída com base no uso criativo de diferenças para a sobrevivência de todos nós, então cobro de vocês, como grupo, a inclusão e a divulgação do trabalho de novas escritoras lésbicas e de autores gays de cor no próximo ano, bem como a apresentação do que tem sido feito na próxima cerimônia do prêmio.

Esse seria um gesto realmente ousado e significativo, reflexo de uma visão mais ampla e da potência da publicação de lésbicas e gays nos anos 1990.

SEU CABELO AINDA É POLÍTICO?

Minha primeira viagem à Virgin Gorda há uns meses foi um momento agradável, relaxante. Depois de lidarmos com a devastação do furacão Hugo, três amigas e eu decidimos nos encontrar em algum lugar do Caribe para os feriados de Natal. Em razão de minhas viagens pessoais e profissionais, Virgin Gorda parecia o lugar ideal. E a menos de uma hora de voo da minha casa.

Minha amiga, outra mulher negra de St. Croix, e eu pousamos em Tortola para passar pela imigração das Ilhas Virgens Britânicas no aeroporto de Beef Island. Eu estava feliz de ser uma turista para variar, ansiosa por férias maravilhosas, com os problemas pós-furacão deixados para trás por alguns dias. A manhã estava luminosa e ensolarada, em nossa bagagem levávamos um peru congelado e decorações natalinas para a casa alugada.

A mulher negra atrás da mesa de Controle de Imigração, com seu uniforme limpo e desgastado, era mais jovem do que eu, com um cabelo muito alisado e arrumado em um penteado impecável. Entreguei a ela meus documentos e o cartão de entrada. Ela olhou para mim, sorriu e disse: "Quem faz o seu cabelo?".

Minha amiga e eu éramos apenas duas passageiras a caminho de Virgin Gorda. Como uma escritora negra que viaja bastante,

■ Texto escrito em St. Croix, Ilhas Virgens, em 10 de janeiro de 1990. Arquivos de Audre Lorde no Spelman College, caixa 8. Publicado em *Go Girl! The Black Woman Book of Travel and Adventure*, Elaine Lee (org.) (Portland: Eighth Mountain Press, 1997).

tenho ouvido essa pergunta com certa frequência. Pensando que embarcaríamos numa dessas conversas triviais entre mulheres negras sobre cuidados com o cabelo, em filas de supermercados, no ônibus, em lavanderias, eu disse que cuidava sozinha do meu cabelo. Depois da pergunta dela, descrevi como.

Não estava nem um pouco preparada para o que ela me disse de repente, ainda sorrindo: "Bem, você não pode vir aqui com o cabelo assim, sabe". Então pegou o carimbo e estampou "não permitida" no meu cartão de entrada.

"Oh, eu não sabia", respondi, "então vou cobri-lo", e peguei meu lenço.

"Isso não vai fazer diferença", ela disse. "O próximo avião para St. Croix sai hoje às cinco da tarde." A essa altura, minha amiga, que usa tranças e apliques, tentou sair em meu auxílio. "O que tem de errado com o cabelo dela", ela perguntou. "E o meu?"

"Com o seu está tudo certo", foi a resposta. "É só um penteado."

"Mas o meu é só um penteado também", protestei, ainda sem acreditar que aquilo estava acontecendo comigo. Viajava livremente pelo mundo inteiro; e, num país caribenho, uma mulher negra estava me dizendo que eu não poderia entrar por causa do jeito como uso meu cabelo?

"Há uma lei na nossa legislação", ela disse. "Você não pode entrar aqui com uma aparência COMO ESSA."

Toquei meus *dreads* naturais, dos quais tinha tanto orgulho. Há um ano decidira parar de cortar o cabelo e deixá-lo crescer com *dread locks*, como uma afirmação de estilo pessoal, assim como tinha usado um *black power* natural a maior parte da minha vida adulta. Eu me lembro de uma matéria de capa da revista *Essence* no início dos anos 1980 que havia inspirado um dos meus poemas mais populares – "Seu cabelo ainda é político?".

"Você não pode estar falando sério", eu disse. "Então por que eu não sabia disso? Onde está escrito nas informações para turistas que os cabelos de mulheres negras só podem ser usados com determinados estilos no seu país? E por que eu teria de seguir essa regra?"

A essa altura, o sorriso dela tinha desaparecido.

"Está na lei há cinco anos", a jovem se irritou. Eu percebi que ela falava sério quando vi nossas malas serem retiradas do avião, que se preparava para decolar sem nós.

"Como eu deveria saber disso?", protestei, visualizando nossa ceia de Natal descongelando na esteira, as amigas de Nova York se perguntando onde estávamos, a anfitriã no aeroporto esperando em vão para nos levar até a casa que alugamos à beira-mar.

"Li que não posso trazer drogas para as Ilhas Virgens Britânicas. Li que não posso procurar emprego nas Ilhas Virgens Britânicas. Li sobre todas as outras coisas que não posso fazer nas Ilhas Virgens Britânicas, mas como turistas negras deveriam saber que não podem usar *dreads* ao visitar as Ilhas Virgens Britânicas? Ou vocês não querem turistas negras?"

Naquele momento, eu estava indignada. Mesmo com o sol quente lá fora e o rosto escuro diante de mim, por instantes fiquei confusa em relação ao lugar em que estava. Alemanha nazista? Espanha fascista? África do Sul racista? Um daqueles lugares em que por muitas décadas pessoas brancas excluíram pessoas negras por causa da APARÊNCIA? Mas não, era uma mulher negra, no Caribe, me dizendo que eu não seria aceita como turista no país dela, nem sequer por quem eu sou, mas por causa do estilo do meu cabelo. Gelei até os ossos.

Então, o jovem piloto branco veio verificar por que o voo estava atrasando. "Como assim, por causa do CABELO dela?" Enfim, um supervisor da imigração se aproximou e me pediu que preenchesse outro cartão de entrada.

"Por que não posso entrar em Virgin Gorda?", comecei. "Já estive lá antes. E o que há de errado com o meu cabelo? Não é prejudicial à saúde, não é sujo, não é imoral e certamente não é algo que não seja natural!"

O supervisor olhou para os meus *dreads* bem modelados na altura das orelhas. "Você é rasta?", ele perguntou. E foi então que me dei conta do motivo de tudo aquilo.

71

Ele não queria saber se eu era uma assassina. Não queria saber se eu era traficante, ou racista, ou se era integrante da Ku Klux Klan. Em vez disso, ele me perguntou se eu seguia a religião rastafári. Alguns veem *dread* e veem revolução. Porque os rastafáris fumam maconha como parte dos rituais religiosos, alguns veem *dreads* e automaticamente pensam em traficantes de drogas. Mas as pessoas que vendem drogas pelo Caribe não usam *dreads*; usam ternos, carregam maletas e bolsas diplomáticas e geralmente não enfrentam nenhum problema ao passar pela imigração.

Encarei aquele jovem negro sério por um instante. De repente, meu cabelo se tornou muito político. Ondas de terror varreram meu corpo. Quantas formas de perseguição religiosa assolam outras pessoas negras em nome da nossa segurança pública? E se eu fosse rastafári? E aí? Por que isso significaria automaticamente ser impedida de tirar férias em Virgin Gorda? Isso tornaria meus dólares de turista inúteis?

E se ele me perguntasse se sou judia? Quaker? Protestante? Católica? O que aprendemos com as páginas sangrentas da história e será que estamos realmente condenados a repetir esses erros?

Sentia uma dor no coração. Queria dizer: "O que importa se sou rasta ou não?". Porém, vi nossas malas no sol, e o piloto caminhando lentamente de volta para o avião. No fundo do coração, pensei: "*É sempre a mesma questão: onde começamos a nos opor?*". Mas me esquivei.

"Não, não sou rastafári", respondi. E é verdade, não sou. Contudo, sentia que estavam me pedindo para negar uma parte de mim e sentia solidariedade pelos irmãos e irmãs rastafáris dos quais nunca tive consciência antes.

"Seu cabelo ainda é político?"
Me diga quando ele começar a queimar.[8]

---

8 \ Versos de "A Question of Essence", poema publicado em *Our Dead Behind Us* (New York: Norton, 1986).

Carimbaram meu cartão de imigração com a autorização para entrar, nossa bagagem foi recolocada no avião, e continuamos a viagem, com vinte minutos de atraso. Enquanto o avião taxiava no fim da pista, olhei para trás, para o aeroporto de Beef Island.

Nessa pequena ilha, encontrei mais um exemplo de pessoas negras sendo utilizadas para testemunhar contra outros negros, fazendo uso das armas de nossos inimigos, julgando nossos semelhantes pela cor da pele, pelo estilo do cabelo. Por quanto tempo as mulheres negras se permitirão ser usadas como instrumentos de opressão umas das outras?

Numa ilha negra no Caribe, uma mulher negra olhou para o rosto de outra mulher negra e a considerou inaceitável. Não por causa do que ela fez, não por causa de quem ela era, nem mesmo por causa de suas crenças. Mas por sua APARÊNCIA. O que isso significa, pessoas negras praticando esse tipo de auto-ódio?

O sol ainda brilhava, mas de alguma forma o dia pareceu menos luminoso.

PARTE 2
minhas palavras
estarão lá

MINHAS PALAVRAS ESTARÃO LÁ

Sinto que tenho o dever de falar a verdade como a vejo e compartilhar não apenas minhas vitórias, só as coisas que foram boas, mas a dor, uma dor intensa, às vezes irremediável [...] se o que tenho a dizer está errado, então alguma mulher se levantará e dirá: "Audre Lorde estava errada". No entanto, minhas palavras estarão lá [...].

Quando eu era jovem, olhava ao redor e não havia ninguém para dizer o que eu precisava ouvir. Eu me sentia totalmente alienada, desorientada, louca. Pensava que devia existir mais alguém que se sentisse como eu.

Eu era muito pouco articulada na juventude. Não conseguia falar. Não falei até os cinco anos, na verdade, não até que começasse a ler e escrever poesia. Eu lia poemas, os decorava. As pessoas diziam: "O que você acha, Audre? O que aconteceu com você ontem?", e eu recitava um poema, e em algum ponto daquele poema havia um verso ou um sentimento a ser compartilhado. Em outras palavras, literalmente me comunicava por intermédio da poesia. E, quando não consegui encontrar poemas que expressassem o que eu sentia, comecei a escrever poesia, quando eu tinha cerca de doze, treze anos.

■ Texto de 1983, publicado originalmente em Mari Evan (org.), *Black Women Writers (1950–1980): A Critical Evaluation* (New York: Anchor Press / Doubleday, 1983).

Meus críticos sempre quiseram me atribuir um papel específico pelo fato de meu primeiro poema ter sido publicado quando eu tinha quinze anos. Meus professores de inglês na Hunter High School diziam que esse poema específico era muito romântico (era um poema de amor sobre meu primeiro relacionamento amoroso com um menino), e eles não queriam publicá-lo no jornal da escola, por isso o enviei para a *Seventeen*, e, é óbvio, a revista o publicou.

Meus críticos sempre quiseram me ver sob determinada luz. As pessoas fazem isso. É mais fácil lidar com uma poeta, certamente com uma mulher negra poeta, quando você a categoriza, a restringe, assim ela pode preencher as expectativas. No entanto, sempre senti que não podia ser categorizada. Isso tem sido uma força e uma fraqueza. Fraqueza porque a independência me custou muito apoio. Contudo, veja só, também foi força porque me deu o poder para continuar. Não sei como teria vivido as várias coisas às quais sobrevivi e continuado a produzir se não sentisse que tudo o que sou é o que me deixa realizada e determina minha visão de mundo.

Eu tive apenas um posto de escritora residente, e isso foi na Universidade de Tougaloo, no Mississippi, há onze anos. Foi crucial para mim. Crucial, porque em 1968 meu primeiro livro tinha sido publicado; era a minha primeira viagem para o Sul profundo; era a primeira vez que eu ficava longe dos meus filhos. Era a primeira vez que lidava com jovens estudantes negros no contexto de oficina. Percebi que esse era o meu trabalho, que ensinar e escrever estavam inextricavelmente amalgamados, e foi lá que eu soube o que queria fazer pelo resto da vida.

Eu vinha desempenhando o papel da "bibliotecária que escreve". Depois dessa experiência em Tougaloo, percebi que a escrita era central na minha vida e que a biblioteca, ainda que eu amasse os livros, não era suficiente. Associadas às circunstâncias subsequentes à minha estada em Tougaloo – a morte de King, a morte de Kennedy, o acidente de Martha –, todas essas coisas me fizeram ver que a vida é curta e o que precisamos fazer deve ser feito agora.

Nunca tive outro posto de escritora residente. O poema "Touring" [Explorando], em *A unicórnia preta*, representa muito o modo como me sinto em relação a isso. Saio para ler minha poesia ocasionalmente. Deixo algumas sementes caírem, então vou embora. Espero que brotem. Às vezes, acontece; outras, nunca saberei. Só preciso ter fé.

Escrevo sobretudo para aquelas mulheres que não falam, que não verbalizam, porque elas, nós, estamos aterrorizadas, porque fomos ensinadas a respeitar mais o medo que a nós mesmas. Fomos ensinadas a respeitar nossos medos, mas *devemos* aprender a nos respeitar e a respeitar nossas necessidades.

Nos anos 1940 e 1950, meu estilo de vida e os rumores de que eu fosse lésbica me tornaram *persona non grata* nos círculos literários negros.

Sinto que não ser clara a respeito de quem sou em todos os aspectos cria certo tipo de expectativa que não quero mais atender. Tenho a esperança de que o máximo possível de pessoas possa lidar com meu trabalho e com quem eu sou, de que elas encontrem algo na minha obra que lhes possa ser útil. Entretanto, se não encontrarem, todos sairemos perdendo. Quem sabe seus filhos encontrem. Mas, para mim, é necessário e criativo lidar com todos os aspectos de quem sou, e tenho dito isso há muito tempo. Não sou apenas um fragmento. Não posso simplesmente ser uma pessoa negra e não ser também mulher, assim como não posso ser mulher sem ser lésbica... É claro, sempre haverá pessoas na minha vida que me dirão: "Bem, aqui, você se definia como isso e aquilo", para excluir outras partes de mim. Comete-se uma injustiça com o eu ao fazer isso, uma injustiça com as mulheres para quem escrevo. Na verdade, é uma injustiça que envolve todo mundo. O que acontece quando você estreita sua definição para aquilo que é conveniente, ou que está na moda, ou o que é esperado, é a desonestidade pelo silêncio.

Agora, quando uma comunidade literária é oprimida pelo silêncio exterior, como os escritores negros são na américa, e ocorre esse tipo de insistência tácita em uma definição unilateral do que é "negritude" ou do que ela exige, então alguém está efetiva e dolorosamente silenciando algum dos nossos talentos mais criativos e dinâmicos, pois toda mudança e todo progresso interior vêm do reconhecimento e do uso da diferença entre nós.

Eu considero ter sido uma vítima desse silenciamento na comunidade literária negra durante anos e certamente não sou a única. Por exemplo, não há dúvida quanto à *qualidade* do meu trabalho a esta altura. Então, por que meu último livro, *A unicórnia preta*, não foi resenhado, nem sequer mencionado, em nenhum jornal negro, em nenhuma revista negra, nesses treze meses desde seu lançamento?

Sinto que tenho o dever de falar a verdade como a vejo e compartilhar não apenas minhas vitórias, só as coisas que foram boas, mas a dor, uma dor intensa, às vezes irremediável.

Nunca pensei que viveria até os quarenta e estou com 45 anos! A sensação é algo como "Ei, cheguei lá!". Estou muito satisfeita por realmente confrontar toda a questão do câncer de mama, da mortalidade, da morte. Foi muito duro, mas me fortaleceu lembrar que eu poderia passar a vida inteira em silêncio e então morrer, acabou, e nunca ter dito o que queria dizer, por causa da dor, do medo... Se esperasse estar certa antes de falar, estaria mandando pequenas mensagens cifradas num tabuleiro Ouija, reclamações do além.

De fato, sinto que, se o que tenho a dizer está errado, então alguma mulher se levantará e dirá: "Audre Lorde estava errada". No entanto, minhas palavras estarão lá, algo para ela debater, para incitar a reflexão, a atividade.

Escritores negros expressam a raiva como forma de convencer seus leitores a sentir o que eles sentem, enquanto escritoras negras tendem a dramatizar a dor, o amor. Elas não parecem ter a necessidade de intelectualizar essa capacidade de sentir; concentram-se na descrição do sentimento. E o amor geralmente é dor. Penso, contudo, que o essencial é estabelecer quanto dessa dor sou capaz de sentir, quanto dessa verdade sou capaz de enxergar e continuar vivendo sem ficar cega. E, finalmente, é necessário determinar quanto dessa dor sou capaz de usar. Essa é a pergunta central que precisamos nos fazer. Existe um ponto em que a dor se torna um fim em si mesma, e então precisamos nos desapegar dela. Por um lado, não devemos temê-la, porém, por outro, não devemos nos sujeitar a ela. Não devemos celebrar a vitimização, porque há outras formas de ser negro.

Existe uma linha muito tênue, porém muito definida, entre essas duas respostas à dor. Gostaria de ver essa linha desenhada com mais cuidado em algumas obras de escritoras negras. Sobretudo, estou consciente das duas respostas na minha obra. E descubro que preciso me lembrar de que a dor não é sua própria razão de ser. É uma parte da vida. E o único tipo intolerável é a dor que é desperdício, aquela com a qual não aprendemos. Acredito ser necessário aprender a fazer essa distinção.

Vejo o protesto como um meio genuíno de encorajar alguém a sentir as inconsistências, o horror, da vivência diária. O protesto social serve para dizer que não temos que viver desse jeito. Se sentirmos de modo profundo, conforme encorajamos a nós e aos outros a sentir dessa maneira, dentro desse sentimento, uma vez que reconheçamos o direito a sentir e amar profundamente, a sentir alegria, vamos então reivindicar que todas as camadas da vida produzam esse tipo de alegria. Quando isso não acontecer, questionaremos "Por que não?". É esse questionamento que nos levará inevitavelmente à mudança.

Então, para mim, a questão do protesto social e da arte é inseparável. A arte pela arte realmente não existe para mim, nunca existiu. O que eu via era errado, e precisava me manifestar. Amava poesia e palavras. Mas o que era belo deveria servir ao propósito de mudar minha vida, ou eu morreria. Se não posso externar essa dor e alterá-la, decerto morrerei por causa dela. Esse é o começo do protesto social.

Tanto espaço para a dor: e o amor? Quando você vem escrevendo poemas românticos há trinta anos, os mais recentes são aqueles que atingem o ponto, que caminham nas fronteiras. Eles testemunham o que você passou. Esses são os verdadeiros poemas de amor. Eu amo esses mais recentes porque dizem: "Ei! Nós nos definimos como amantes, como pessoas que se amam de novo; nós nos renovamos". Esses poemas insistem no fato de que não é possível separar o amor da luta, da morte, da mágoa, mas o amor é vitorioso. É poderoso e forte, e sinto que cresço muito em todas as emoções, sobretudo na capacidade de amar.

O amor expressado entre as mulheres é particular e poderoso, porque tivemos de amar para viver; o amor é a nossa sobrevivência.

Espera-se que vejamos o "amor universal" como heterossexual. E no meu trabalho insisto em que não existe algo como um amor universal na literatura. Existe esse amor, nesse poema. O poema acontece quando eu, Audre Lorde, poeta, lido com o particular em vez de com o "UNIVERSAL". Meu poder como pessoa, como poeta, vem de quem sou. Sou uma pessoa específica. Os relacionamentos que tive, nos quais as pessoas me mantiveram viva, ajudaram a me manter, pessoas que apoiei me propiciaram uma identidade única, que é a fonte da minha energia. Não lidar com a própria vida na arte que produzo é cortar a fonte da minha força.

Amo escrever poemas de amor; amo amar. Para colocar isso em outra perspectiva que não seja a da poesia, escrevi um ensaio intitulado "Usos do erótico: O erótico como poder", no qual examino a questão inteira do amor como uma manifestação. O amor é tão importante por ser fonte de imenso poder.

Mulheres não foram ensinadas a respeitar o impulso erótico, aquele lugar que é especialmente feminino. Então, assim como algumas pessoas negras rejeitam a negritude porque ela foi descrita como inferior, nós, como mulheres, tendemos a rejeitar a capacidade de sentir, a habilidade de amar, o toque do erótico, porque ele foi desvalorizado. Contudo, no interior de tudo isso, reside muito de nosso poder, da capacidade de nos posicionar-mos, de ter visão. Porque, quando soubermos quão profunda-mente podemos sentir, começaremos a exigir que todos os nos-sos propósitos se alinhem com esses sentimentos. E, quando não estão, somos obrigadas a levantar o porquê... o porquê... Por que sinto o impulso constante pelo suicídio, por exemplo? O que está errado? Sou eu? Ou é o que estou fazendo? Começamos, então, a ter necessidade de responder a essas perguntas. Mas não pode-mos fazer isso quando não temos percepções de alegria, não temos um panorama do que somos capazes. Quando você vive sempre na escuridão, quando vive sem a luz do sol, não sabe nem o que é aproveitar a luminosidade nem quando essa luz é excessiva. Uma vez que você a tem, torna-se possível mensurar os níveis. Também é assim com a alegria.

Mantenho um diário; escrevo nele com bastante regularida-de. Retiro muitos dos meus poemas dali. É o material bruto para minha produção poética. Às vezes, sou abençoada com um poe-ma que já vem pronto, contudo há alguns que requerem dois anos de trabalho.

Para mim, existem dois processos básicos e diferentes para revisar minha poesia. Um é reconhecer que aquele poema ainda não se tornou o que é. Em outras palavras, quero dizer que aque-le sentimento, a verdade na qual aquele poema está ancorado, de alguma forma ainda não está bem esclarecido dentro de mim, e a consequência é que falta algo ao poema. Então, ele precisa ser sentido novamente. Os outros processos são mais fáceis. O poema é o que é, mas tem um acabamento grosseiro que neces-sita ser refinado. Esse tipo de revisão envolve escolher a imagem mais potente ou fazer ajustes para que ele transmita o sentimen-to. Esse tipo de reescrita é mais fácil do que sentir novamente.

As entradas do meu diário focam as coisas que sinto. Senti-mentos que com frequência não têm lugar, não começam nem terminam. Frases que ouço por aí. Algo que me soa bem, que me dá prazer. Às vezes, só observações do mundo.

Passei por um período em que sentia que estava morrendo. Foi em 1975. Não estava escrevendo nada de poesia e sentia que, se não pudesse escrever, me despedaçaria. Fazia registros no diário, mas os poemas não vinham. Sei hoje que esse foi um momento de transição em minha vida com o qual eu não estava lidando.

Mais tarde, no ano seguinte, voltei ao diário e havia poemas incríveis que eu quase podia retirar prontos dali; muitos deles estão em *A unicórnia preta*. "Harriet" é um deles; "Sequelae" é outro. "A litany for survival" [Uma oração pela sobrevivência], mais um. Esses poemas saíram diretamente do diário. Antes, porém, eu não os via como poemas.

"Power" [Poder][1] também estava no diário. É sobre Clifford Glover, um menino de dez anos alvejado por um policial que foi inocentado por um júri no qual havia uma mulher negra. Na verdade, no dia em que ouvi no rádio que [Thomas] O'Shead havia sido absolvido, estava atravessando a cidade pela 88th Street e tive de encostar o carro. Um tipo de fúria tomou conta de mim; o céu ficou vermelho. Eu me senti enjoada, como se fosse bater em um muro, atropelar a primeira pessoa que visse. Por isso encostei. Peguei o diário para extravasar um pouco da fúria, tirá-la das pontas dos dedos. Aqueles sentimentos estão presentes no poema. Foi assim que "Power" foi escrito. Mas há um intervalo incrível entre o que ocorre no diário e a poesia; escrevo no diário e às vezes nem consigo ler, porque há tanta dor, tanta raiva nessas anotações. Guardo-o na gaveta e, seis meses ou um ano depois, o resgato, e lá estão os poemas. As entradas precisam ser assimiladas de alguma forma à minha vida, e só então consigo lidar com o que escrevi.

A arte não é a vida. É um uso dela. O artista tem a habilidade de pegar aquela vivência e usá-la de certa maneira e produzir arte.

A literatura afro-americana é sem dúvida parte de uma tradição africana que lida com a vida como uma experiência a ser viven-

---

1 \ Publicado em Audre Lorde, *Between Ourselves* (Point Reyes: Eidolon Editions, 1976).

ciada. Em muitos aspectos, é muito parecida com as filosofias orientais, em que nos vemos como parte de uma força essencial; estamos unidos, por exemplo, ao ar, à terra. Somos parte de todo o sistema vital. Vivemos de acordo com, num certo tipo de correspondência integral com, o restante do mundo. Portanto, a vida se torna uma experiência, e não um problema, não importa quão difícil ou dolorosa possa ser. A mudança emergirá normalmente da experiência vivida por completo, como uma reação a ela.

Percebo muito isso na escrita africana. Como consequência, tenho aprendido muito com [Chinua] Achebe, [Amos] Tutuola, [Cyprian] Ekwensi, com Flora Nwapa e Ama Ata Aidoo. Leslie Lacy, americana negra que morou temporariamente em Gana, escreve sobre essa transcendência em *The Rise and Fall of a Proper Negro* [Ascensão e queda de um negro respeitável]. Isso não pressupõe que nos afastemos da dor, do erro, mas sim que vejamos essas coisas como parte da vida e aprendamos com elas. Essa característica é especialmente africana, transposta para o melhor da literatura afro-americana.

Essa transcendência aparece em [Ralph] Ellison, um pouco em [James] Baldwin, não tanto quanto eu gostaria. E muito, muito em *Sula*, de Toni Morrison, que é a obra de ficção *mais maravilhosa* que li recentemente. E não me importo com o fato de ela ter ganhado um prêmio por *A canção de Solomon*. *Sula* é um livro totalmente incrível. Fez com que eu me iluminasse por dentro como uma árvore de Natal. Eu me identifiquei particularmente com o livro pela ideia da *outsider*. Toni deixou o material descansar. Deu um tempo para ele. Aquele livro é como um longo poema. Sula é a mulher negra definitiva do nosso tempo, aprisionada entre seu poder e sua dor.

É importante compartilharmos experiências e *insights*. *The Cancer Journals* [Os diários do câncer] é um livro muito importante para mim. Um monólogo em prosa em três partes, surgiu das experiências com minha mastectomia e o que veio na sequência: raiva, terror, medo e o poder oriundo da tarefa de lidar com minha mortalidade. E, uma vez que tão pouco foi escrito a respeito de mastectomias, a não ser estatísticas, como você faz isso, ou finge que não aconteceu? Pensei que precisávamos de uma nova perspectiva feminista de todo o processo para mulheres negras. Essa é a origem de *The Cancer Journals*.

A produção recente de muitas escritoras negras parece explorar preocupações humanas um tanto diferentes das que ocupam os homens. Essas mulheres se recusam a culpar o racismo inteiramente por todos os aspectos negativos da vida negra. Na verdade, em alguns momentos elas consideram os homens negros responsáveis. Eles tendem a reagir de modo defensivo, rotulando essas escritoras como as queridinhas do *establishment* literário.

Não é destino da américa negra repetir os erros da américa branca. No entanto, faremos isso se, numa sociedade doente, confundirmos as armadilhas do sucesso com os símbolos de uma vida significativa. Se homens negros continuarem a agir desse modo, enquanto definem "feminilidade" em termos europeus arcaicos, será um mau augúrio para nossa sobrevivência como povo, sem contar a sobrevivência como indivíduos. Liberdade e futuro para os negros não são sinônimos de absorção da doença do homem branco dominante.

Como pessoas negras, não podemos começar nosso diálogo negando a natureza opressiva do *privilégio masculino*. E, se homens negros decidirem exercê-lo, por qualquer razão, estuprando, violentando e matando mulheres, então não podemos ignorar a opressão dos homens negros. Uma opressão não justifica a outra.

Como pessoas, deveríamos trabalhar juntos em máxima cooperação para pôr fim a nossas opressões comuns, em prol de um futuro viável para todos. Nesse contexto, é míope acreditar que somente homens negros são culpados pelas situações mencionadas, em uma sociedade dominada pelo privilégio do homem branco. A conscientização do homem negro, no entanto, precisa ser trabalhada, para que ele perceba que o machismo e a misoginia são criticamente disfuncionais para sua libertação como homem negro, porque emergem da mesma constelação que engendra o racismo e a homofobia, uma constelação de intolerância com a diferença. Até que isso aconteça, ele verá o machismo e a destruição das mulheres negras apenas como fatores secundários na causa da libertação negra, em vez de pontos centrais para essa luta; e, enquanto for assim, nunca será capaz de iniciar aquele diálogo entre homens negros e mulheres negras tão essencial para nossa sobrevivência como povo. A continuidade dessa cegueira entre nós só é capaz de atuar em favor do sistema opressor em que vivemos.

Escrevo por mim. Escrevo por mim e por meus filhos e pelas pessoas que eventualmente possam me ler. Quando digo por mim, não me refiro apenas a Audre Lorde que habita este corpo, mas a todas aquelas *mulheres negras belas, bravas e incorrigíveis* que insistem em se levantar e dizer *eu sou* e você não pode me apagar, não importa quão irritante eu seja.

Sinto responsabilidade por mim, por aquelas pessoas que podem ler, sentir e precisam do que tenho a dizer, e também pelos homens e pelas mulheres que me procuram. No entanto, penso sobretudo na minha responsabilidade com as mulheres, porque há muitas vozes para os homens. E são poucas para as mulheres, particularmente ainda menos para as mulheres negras, falando do centro da consciência, do *eu sou* para *nós somos*.

O que posso compartilhar com a geração mais jovem de escritoras negras, e com escritores em geral? O que elas podem aprender com a minha experiência? Posso lhes dizer para não terem medo de sentir e não terem medo de escrever sobre isso. Ainda que você esteja com medo, faça assim mesmo. Aprendemos a trabalhar quando estamos cansadas, então podemos aprender a trabalhar quando sentimos medo.

MINHA POESIA E AUTODEFINIÇÃO

Nenhum poeta que tenha algum valor escreve algo além daquelas várias entidades que ela ou ele definem como seu eu. A consciência que tenho dessas personalidades e a aceitação dessas partes de mim é que vão determinar como minha vida aparece na minha poesia. Como minha vida se torna disponível, com suas forças e fraquezas, por meio do meu trabalho, para cada uma de vocês.

Em outras palavras, o tempo, mais do que qualquer outra coisa, é o responsável por me mostrar o que preciso. Contudo, sei que se eu, Audre Lorde, não definir quem sou, o mundo exterior decerto o fará e, como cada uma de vocês descobrirá, provavelmente definirá todas nós, para nosso prejuízo, como indivíduo ou como grupo.

Então não posso separar minha vida e minha poesia. Escrevo minha vida e vivo meu trabalho. E encontro verdades que espero sejam capazes de alcançar outras mulheres, de levar riqueza, além das diferenças em nossas trajetórias, as diferenças no amor, no trabalho. Porque é no compartilhamento dessas diferenças que encontramos o crescimento. É no interior dessas diferenças que encontro o crescimento, se for honesta o suficiente para falar de tudo o que sou, de meus amores, rancores, erros, assim como das minhas forças.

■ Artigo apresentado no encontro da Modern Language Association, em Nova York, dezembro de 1976. Arquivos de Audre Lorde no Spelman College, caixa 8.

Sinto, e aposto minha vida e meu modo de vida nisso, que nos fortalecemos quando fazemos aquilo que exige que sejamos fortes. Solstício.

Sinto que minhas palavras aqui e agora são parte do que eu pago, e pago mais de uma vez, por quaisquer forças que são criadas aqui entre nós enquanto falamos.

Estou constantemente definindo meus eus, pelo que sou, assim como pelo que todos somos, feitos de tantas partes diferentes. No entanto, quando essas partes guerreiam dentro de mim, fico imobilizada e, quando elas se movem em harmonia, ou em trégua, me enriqueço, me fortaleço. Mas sei que há mulheres negras que não usam minha obra em suas aulas porque sou lésbica. Há lésbicas que não me ouvem porque tenho dois filhos que amo profundamente, um deles um menino. Há mulheres, talvez nesta sala, que não conseguem lidar comigo nem com minhas ideias porque sou negra, e seu racismo se torna uma cegueira que nos separa. Digo nós me referindo a todas aquelas que realmente acreditam que podemos trabalhar por um mundo em que todas sejamos capazes de viver e nos definir.

Vou lhes dizer uma coisa. Minhas amigas, sempre haverá alguém tentando usar uma parte de vocês e, ao mesmo tempo, as encorajando a esquecer ou destruir todas as outras. E aí vai um aviso: isso é a morte. A morte como mulher, a morte como poeta, a morte como ser humano.

Quando o desejo por definição, de si mesma ou de outra, vier de uma vontade de limitação em vez de expansão, nenhuma face verdadeira será capaz de emergir. Porque qualquer ratificação do exterior só pode reforçar, e não fornecer, minha autodefinição. Ninguém que me disser que tenho valor, ou que um poema é bom, poderá criar uma sensação semelhante de valor dentro de mim, ou de ter realizado o que me propus fazer. E aquelas entre nós que são negras, que são mulheres, que são lésbicas, todas vocês sabem o que quero dizer. O negro é lindo, mas está saindo da moda; contudo ainda sou negra. O movimento de libertação das mulheres pode em breve sair de moda, porque esse é o *american way*. De todo modo, não deixarei de ser mulher.

Mais uma coisa. Mulheres que amam mulheres continuarão a entrar e a sair de moda, entretanto isso não altera a quem direciono meu amor.

Então, lembrem-se. Quando eles vierem atrás de mim ou de você, não fará nenhuma diferença se você, ou eu, for uma mulher negra lésbica poeta mãe amante que faz e sente, só importará o que compartilhamos no crescimento do movimento humano mais real e ameaçador, o direito a amar, trabalhar e nos definirmos, do nosso jeito.

O PILÃO DE MINHA MÃE

Quando eu era criança, havia na casa de minha mãe temperos que deviam ser ralados e temperos que deviam ser socados, e, para socar temperos e alho ou outras ervas, usava-se um pilão. Toda mulher das Índias Ocidentais levada a sério tinha o próprio pilão. Mas, se você quebrasse ou perdesse seu pilão, é claro, poderia comprar outro no mercado na Park Avenue, debaixo da ponte, o qual, em geral, vendia pilões porto-riquenhos que, embora fossem feitos de madeira e funcionassem do mesmo jeito, por alguma razão nunca eram tão bons quanto os caribenhos. De onde vêm os melhores pilões, nunca tive certeza, porém eu sabia que deveria ser das imediações daquele lugar amorfo e misticamente perfeito chamado de "casa". "Casa" eram as Índias Ocidentais, Granada ou Barbados para ser exata, e qualquer coisa que viesse de "casa" estava destinada a ser especial.

O pilão de minha mãe era um belo objeto, bem diferente da maioria de suas outras posses, e certamente da imagem pública que ela projetava de si. Ele permaneceu, sólido e elegante, numa prateleira no armário da cozinha desde que me lembro por gente, e eu o adorava com carinho.

Feito com uma madeira estrangeira perfumada, era escuro demais para ser cerejeira e vermelho demais para ser nogueira.

■ Esta versão foi publicada pela primeira vez na revista *Sinister Wisdom* 8 (1977), pp. 54–61.

Para meus olhos de criança, o exterior era entalhado de forma intrincada e sedutora. Havia ameixas redondas e frutas ovais indeterminadas, algumas longas e cilíndricas como banana, outras ovaladas e com extremidades inchadas como um abacate maduro. Entre essas frutas, havia formas arredondadas menores, como cerejas, arrumadas em montes, umas se apoiando contra as outras.

Eu adorava tatear a firmeza arredondada das frutas entalhadas, o acabamento sempre surpreendente das formas, com as esculturas na borda e a tigela inclinada abruptamente para baixo, ligeiramente oval, mas repentinamente eficiente. A solidez pesada desse objeto útil de madeira sempre me fez sentir segura e de alguma maneira satisfeita, como se ele conjurasse os muitos sabores socados em suas paredes internas, visões de refeições deliciosas que já havíamos saboreado e das que ainda viriam.

O pilão era uma varinha fina afunilada, feita com a mesma madeira rosada misteriosa, e cabia na mão quase casualmente, com familiaridade. Seu formato me lembrava o de uma abóbora de pescoço torto e ligeiramente retorcida. Também poderia ter sido um abacate com seu pescoço alongado e a base transformada em algo prático e eficiente para macerar, sem jamais perder a firmeza macia e o caráter de uma fruta, como a madeira aparentava. A extremidade utilizada para moer era um pouco maior do que a de outros pilões, e, por ser mais larga, se acomodava com facilidade na parte interna do almofariz. Muito uso e anos de impacto e maceração no oco desgastado da tigela amaciaram a superfície da madeira do pilão até que uma pequena camada de fibras partidas recobrisse a ponta arredondada como uma camada de veludo. Uma camada da mesma madeira desgastada aveludada recobria igualmente o fundo do interior oblíquo da tigela.

Minha mãe não gostava muito de macerar as especiarias e considerava o advento dos temperos disponíveis já moídos uma facilidade na cozinha. No entanto, havia alguns pratos que pediam um sabor específico de alho, cebola crua e pimenta; o *souse* era um deles.

Para o *souse* de nossa mãe, não importava o tipo de carne usada. Podia ser coração, pedaços de carne de porco ou mesmo peito de frango e moela, quando éramos muito pobres. Era a mistura saborosa e macerada de ervas e temperos esfregada previamente na carne e deixada para marinar que tornava aquele prato tão especial e inesquecível. Minha mãe, porém, tinha algumas ideias muito firmes em relação ao que mais gostava de cozinhar e a seus pratos favoritos, e o *souse* definitivamente não era um deles.

Nas raras vezes que minha mãe permitiu que uma de nós três escolhêssemos uma refeição – ao contrário de ajudar a prepará-la, o que era a rotina –, minhas irmãs costumavam escolher um daqueles pratos proscritos tão queridos, relembrados na mesa de nossos parentes, contrabandeados e tão incomuns em nossa casa. Elas podiam pedir cachorro-quente, talvez com *ketchup*, ou com feijões cozidos à moda de Boston; frango americano, empanado e frito, crocante, como era feito no Sul; ou alguma coisa sob um molho cremoso que minhas irmãs tinham experimentado na escola; croquetes de sabe-se lá o quê ou qualquer coisa frita; ou, ocasionalmente, um pedido que ousava ser ofensivo, fatias de melancia fresca, comprada na carroceria de madeira de um caminhão decrépito com a poeira do Sul, com um de seus lados enguiçados, em que um jovem negro ossudo com um boné virado para trás se pendurava meio cantando, meio gritando: "Meeee-laaaan-ciiiiaaaaa".

Havia muitos pratos americanos que eu também desejava, mas, em uma ou duas vezes por ano que podia escolher uma refeição, sempre pedia *souse*. Assim, eu tinha a chance de usar o pilão da minha mãe, e isso para mim era uma recompensa maior do que qualquer comida proibida. Além disso, se eu realmente quisesse tanto assim cachorro-quente ou croquete, podia roubar dinheiro dos bolsos do meu pai e comprá-los na lanchonete da escola.

"Mãe, vamos comer *souse*", eu dizia, e nunca parei para pensar a respeito. Na minha cabeça, a antecipação do sabor da carne macia temperada tinha se tornado inseparável dos prazeres táteis de usar o pilão da minha mãe.

93

"E o que faz você pensar que alguém consegue achar tempo para misturar tudo aquilo?", o olhar acinzentado de minha mãe me cortava sob as sobrancelhas negras. "Vocês, crianças, nunca param para pensar, sabia", e ela voltava a se concentrar no que estivesse fazendo. Se ela tivesse acabado de voltar do escritório do meu pai, estaria conferindo os recibos do dia ou lavando pilhas intermináveis de toalhas e lençóis que sempre pareciam vir das pensões que eles administravam.

"Ah, vou amassar o alho, mamãe!"; essa seria minha próxima fala num roteiro escrito por alguma mão secreta e antiga, e logo eu iria para o armário pegar o pesado almofariz de madeira e seu pilão.

Pegaria uma cabeça de alho de um pote guardado na geladeira, separando dez ou doze dentes, descascaria delicadamente a casca cor de lavanda, fatiando cada dente pela metade no sentido da altura. Então, os despejaria, um a um, na tigela espaçosa do almofariz. Cortaria uma rodela de uma cebola pequena, reservaria o restante para usar mais tarde na carne, fatiando-a em quartos, que também seriam jogados no almofariz. Depois, seria a vez da pimenta-do-reino moída grosseiramente, seguida de uma camada generosa de sal cobrindo tudo. Por último, se tivéssemos, umas poucas folhas de salsão seriam acrescentadas. De vez em quando minha mãe adicionaria uma fatia de pimentão verde para ser macerado também, mas eu não gostava da textura do pimentão sob o pilão, preferia colocá-lo junto da cebola fatiada e deixá-lo sob a carne que descansava absorvendo tempero.

Depois de juntar todos os ingredientes no almofariz, eu pegaria o pilão e o colocaria dentro da tigela, mexeria a haste algumas vezes, passando-a pelos ingredientes para misturá-los delicadamente. Só então ergueria o pilão, a mão segurando com firmeza ao redor da parte entalhada do almofariz, acariciando as frutas de madeira com meus dedos perfumados, e empurraria com precisão para baixo, sentindo o sal se mover e os dentes duros de alho bem debaixo da haste de madeira do pilão. Para cima outra vez, para baixo, uma mexida, então para cima, e assim o ritmo começava. A batida sonora de empurrar, esfregar e levantar, repetidas vezes, o impacto abafado do pilão sobre a cama de temperos macerados, enquanto o sal e a pimenta absorviam os sumos produzidos lentamente pelo alho e as folhas de salsão e ficavam úmidos; as fragrâncias misturadas emergindo da tigela; a sensação do pilão seguro entre meus dedos e as frutas arredondadas do lado de fora contra a palma da minha mão; os dedos curvados enquanto eu o estabilizava contra o meu corpo; tudo isso me transportaria para um mundo de aromas, e ritmos, e movimento, e som que se tornava mais excitante conforme os ingredientes se liquefaziam.

Às vezes minha mãe me vigiaria com aquele ar de aborrecimento divertido, o que parecia uma ternura vindo dela e que era sempre uma mudança bem-vinda para mim diante da muito mais comum irritação furiosa.

"O que você pensa que está fazendo, sopa de alho? Chega, vai pegar a carne agora." E eu buscaria corações de cordeiro na geladeira, por exemplo, e começaria a prepará-los. Cortando as veias endurecidas sobre os músculos firmes e suaves, eu dividiria cada coração em quatro fatias e, pegando com as pontas dos dedos um pouco dos temperos macerados no almofariz, esfregaria cada pedaço com aquela mistura saborosa. O cheiro pungente do alho, da cebola e do salsão preencheria a cozinha.

A última vez em que macerei temperos para o *souse* foi no verão dos meus catorze anos. Tinha sido um verão bem desagradável para mim. Terminara o primeiro ano do ensino médio. Em vez de visitar meus novos amigos, que viviam em outras partes da cidade, tive de ir com minha mãe a uma série de médicos com quem ela tinha longas conversas sussurradas que eu não podia escutar. Somente algo de imensa importância a teria mantido longe do escritório por tantas manhãs seguidas. Ela estava preocupada porque eu tinha catorze anos e meio e ainda não havia menstruado. Eu tinha seios, mas não menstruava, e ela temia que houvesse "algo errado" comigo. No entanto, como ela nunca tinha conversado sobre esse assunto misterioso de menstruação comigo, eu não podia saber sobre o que eram aqueles sussurros, ainda que eles estivessem relacionados ao meu corpo.

É claro, eu sabia o quanto era capaz de descobrir, naquela época, nos livros difíceis de conseguir no armário fechado atrás da mesa da bibliotecária, para quem tive de mostrar um bilhete falsificado a fim de ter permissão para lê-los, sentada sob a vigilância dela numa mesa especialmente reservada para essa finalidade.

Embora não fossem incrivelmente informativos, eram livros fascinantes e traziam palavras como regras, ovulação e vagina.

Porém, quatro anos antes, precisei descobrir se engravidaria, pois, quando eu voltava da biblioteca para casa, um garoto da escola bem maior do que eu me convidou para ir ao telhado e ameaçou quebrar meus óculos se eu não o deixasse enfiar seu negócio entre as minhas pernas. Naquela época, eu só sabia que ficar grávida tinha alguma coisa a ver com sexo, e sexo tinha a ver com aquela coisa fina feito um lápis; em geral, era nojento, e pessoas boas não deveriam falar a respeito, e eu estava com medo de que minha mãe descobrisse; o que ela faria comigo se soubesse? Eu não deveria estar olhando as caixas de correio nos corredores daquele prédio, ainda que Doris, uma menina da minha turma na St. Mark morasse ali e eu me sentisse sempre tão sozinha no verão, ainda mais naquele verão em que estava com dez anos.

Então, depois de voltar para casa, eu me lavei, menti sobre o motivo pelo qual cheguei mais tarde e apanhei por me atrasar. Aquele também deve ter sido um verão difícil para os meus pais no escritório, porque levei uma surra por qualquer coisa quase todos os dias entre o 4 de Julho e o Dia do Trabalho.[2]

Quando eu não estava apanhando, me escondia na biblioteca da 135th Street e falsificava bilhetes da minha mãe para pegar os livros do armário fechado e lia sobre sexo e bebês e esperava

---

2\ Nos Estados Unidos, o Dia do Trabalho é comemorado na primeira segunda-feira de setembro. [N. T.]

ficar grávida. Nenhum daqueles livros era claro quanto à relação entre menstruar e ter um bebê, mas eram todos muito precisos a respeito da relação entre pênis e gravidez. Ou talvez a confusão estivesse na minha cabeça, porque sempre li muito rápido, mas sem cuidado.

Então, quatro anos mais tarde, aos catorze anos, eu era uma garotinha assustada, ainda achando que um dentre aquela fila interminável de médicos examinaria meu corpo, descobriria minha vergonha de quatro anos atrás e diria para minha mãe: "A-rá! Então é isso que está errado! Sua filha está prestes a ficar grávida!".

Em contrapartida, se eu deixasse minha mãe tomar conhecimento de que eu sabia o que estava acontecendo e o motivo de todo aquele safári médico, teria de responder às perguntas dela sobre como e onde fiquei sabendo, uma vez que ela não me ensinara, revelando no processo toda a história terrível e incriminadora dos livros proibidos, e bilhetes falsificados, e telhados, e conversas em escadarias.

Um ano depois do incidente no telhado, nós nos mudamos para mais longe do centro, e fui transferida para outra escola. As crianças ali pareciam saber muito mais sobre sexo do que os alunos da St. Mark. Na oitava série, roubei dinheiro e comprei um maço de cigarros para Adeline, e ela confirmou minhas suspeitas livrescas de como os bebês eram feitos. Minha reação às descrições detalhadas dela tinha sido pensar: obviamente deve haver outro jeito que Adeline não conhece, porque meus pais tiveram filhos, e nunca soube que eles fizessem algo desse tipo. Mas os princípios básicos estavam todos ali e, com certeza, eram os mesmos que eu tinha coletado durante a leitura de *The Young People's Family Book* [O livro familiar dos jovens].

No verão dos meus catorze anos, de uma maca de exames para outra, mantive minhas pernas abertas e a boca fechada e, quando vi o sangue na calcinha numa tarde quente de julho, lavei-o em segredo no banheiro e a vesti de novo, molhada, porque não sabia como dar a notícia para a minha mãe de que suas preocupações comigo enfim tinham acabado. (Durante todo esse tempo, pelo menos tinha entendido que a menstruação era sinal de que não se estava grávida.)

O que aconteceu me parecia a sequência de uma dança antiga e elaborada entre minha mãe e eu. Ela enfim descobriu, por causa de uma mancha no assento do banheiro que deixei de propósito como um anúncio silencioso, o que de fato aconteceu; ela me repreendeu: "Por que você não me contou sobre isso? Não é motivo para ficar chateada, agora você é uma mulher, não é mais uma criança. Agora vá até a farmácia e peça por...".

Estava aliviada porque a coisa toda tinha acabado. É difícil falar de mensagens dúbias sem ter uma língua bifurcada. Entretanto, enquanto isso todas essas evocações de pesadelo e restrições eram verbalizadas pela minha mãe – "Isso significa que agora você precisa se conter e não ser mais tão amigável com Tom Dick e Harry..." (provavelmente ela se referia ao fato de ficar até mais tarde depois da escola conversando com minhas amigas, porque eu não conhecia nenhum garoto); "Lembre também de não deixar absorventes sujos enrolados em jornal pelo chão do banheiro onde seu pai possa vê-los; não é nada vergonhoso, mas, ainda assim, lembre-se...". Com todas essas recomendações, havia algo a mais vindo da minha mãe que eu quase não conseguia definir. Estavam à espreita a sobrancelha franzida e o meio sorriso divertido/irritado que pareciam um momento íntimo entre mim e minha mãe, e eu realmente sentia – todas as suas reclamações diziam o contrário ou me confundiam mais ainda – que algo muito bom, satisfatório, que lhe aprazia, tinha acabado de acontecer e que nós duas estávamos fingindo ser o inverso por razões muito sábias e misteriosas que eu iria entender mais tarde como uma recompensa, se eu me cuidasse adequadamente. Então, no fim de tudo aquilo, minha mãe empurrou a caixa de absorvente na embalagem que eu trouxera da farmácia com uma cinta higiênica para mim e disse: "Olha só que horas são, estou pensando, o que vamos comer no jantar hoje?". Ela esperou. Primeiro, não entendi, mas rapidamente captei. Eu tinha visto carne de porco picada na geladeira naquela manhã.

"Mamãe, por favor, vamos comer *souse*; eu amasso o alho." Larguei a caixa numa cadeira da cozinha e comecei a lavar as mãos, ansiosa.

"Bem, vá guardar suas coisas primeiro. O que eu lhe disse sobre deixar isso por aí?" Ela interrompeu seu trabalho na tina de lavar roupa, secou as mãos e me entregou a caixa de absorvente outra vez.

"Preciso sair, esqueci de comprar chá no mercado. Esfregue bem o tempero na carne."

Quando voltei para a cozinha, minha mãe tinha saído. Avancei em direção ao armário para pegar o almofariz e o pilão. Meu corpo parecia novo, especial, desconhecido e suspeito ao mesmo tempo. Podia sentir faixas de tensão percorrendo-o como os ventos que varrem a superfície da Lua. Sentia o atrito suave do monte de algodão do absorvente entre as pernas e o aroma de jaca morno e delicado que vinha da minha blusa estampada, meu cheiro de mulher, erótico, vergonhoso, mas secreta e completamente delicioso.

(Anos depois, já adulta, ao pensar no cheiro que eu exalava naquele dia, fantasiaria que a minha mãe enxugava as mãos ao tirá-las da tina, desamarrava o avental e o guardava de maneira ordenada, olhava para mim deitada no sofá e, então, lenta e cuidadosamente fazíamos amor.)

Peguei o almofariz, esmaguei os dentes de alho com a parte de baixo da base do utensílio, para soltar a casca fina mais rápido. Fatiei todos eles e os joguei na tigela com um pouco de pimenta-do-reino e salsão. Pus sal, cobrindo como neve o alho, a pimenta e as folhas verde-claras do salsão. Adicionei a cebola e alguns pedaços de pimentão verde e procurei pelo pilão.

Ele escorregou da minha mão e fez barulho no chão, rolando em um semicírculo, até que me abaixei para pegá-lo. Peguei a cabeça do instrumento de madeira e me ergui, meus ouvidos zumbiam de leve. Sem secá-lo, enfiei o pilão no almofariz, sentindo o cobertor de sal ceder, o alho amassado logo abaixo. A pressão do pilão de madeira em formato de abacate foi ficando mais lenta com algumas batidas; girei-o devagar, alterei o ritmo delicadamente com algumas batidas de cima para baixo... Havia uma satisfação intensa, excitante e perigosa, enraizada em mim.

Continuei a macerar os temperos, e uma conexão vital parecia se estabelecer entre os músculos dos meus dedos bem apertados ao redor do pilão suave em seu movimento insistente para baixo e o núcleo do meu corpo em lava, que emanava uma nova maturidade plena do meu baixo-ventre. Aquele fio invisível, grosso e sensível como um clitóris exposto, se estendia pelos meus dedos curvados, subindo por meu braço roliço até a realidade úmida da minha axila, cujo odor pungente se misturava com uma nova camada de cheiro de alho maduro que provinha do almofariz e dos aromas intensos e adocicados comuns ao pleno verão.

O fio corria pelas costelas, descendo pela coluna, formigando e cantando, em um recipiente maior posicionado entre os meus quadris, agora pressionados contra o balcão baixo da cozinha diante de mim, onde eu macerava os temperos. E, dentro desse recipiente, havia um mar de sangue começando a se tornar real e disponível para mim como fonte de força e conhecimento.

A vibração do choque do pilão aveludado atingindo a cama de temperos, o percurso invisível do fio para o meu centro e a dureza do impacto contínuo foram se tornando cada vez mais insuportáveis. O recipiente suspenso que continha a maré entre meus quadris estremecia a cada repetição dos golpes, que se transformaram em ataques. Sem que eu controlasse, as estocadas do pilão se tornaram mais brandas até que sua superfície aveludada quase acariciasse a massa úmida no fundo da tigela.

Todo o ritmo dos meus movimentos se suavizou e se alongou até que, como num sonho, estava de pé, a mão apertada em torno da base entalhada do almofariz apoiado com firmeza contra o meu abdômen; enquanto a outra mão, ao redor do pilão, esfregava e batia os temperos umedecidos com um movimento circular até ficarem no ponto.

Eu cantarolava desafinadamente enquanto trabalhava na cozinha quente, pensando aliviada em como a minha vida se tornara simples porque agora eu era uma mulher. O catálogo de avisos urgentes da minha mãe sobre a menstruação desapareceu da minha cabeça. Meu corpo parecia forte e aberto, ainda atraído pelos movimentos gentis do pilão, os aromas intensos que enchiam a cozinha, a satisfação do calor do início do verão.

Ouvi a chave da minha mãe na fechadura.

Ela invadiu a cozinha vigorosamente, como um navio com as velas enfunadas. Havia gotículas de suor acima de seus lábios, rugas verticais entre as sobrancelhas.

"Vai me dizer que a carne ainda não está pronta?" Minha mãe jogou o pacote de chá sobre a mesa, olhando por cima dos meus ombros, e estalou os lábios com um desprezo cansado. "O que você acha que está fazendo agora? Você tem a noite toda para ficar brincando com a comida? Eu fui até o mercado e voltei, e você não consegue triturar uns dentes de alho e temperar uns pedaços de carne? Você sabe muito bem como fazer isso! Por que você me irrita tanto?"

Ela tomou o almofariz das minhas mãos e começou a amassar vigorosamente. E ainda havia pedaços de alho no fundo da tigela.

"Agora faz direito!" Ela colocou o pilão dentro da tigela do almofariz com pressa, esmagando o que faltava. Ouvi o barulho de madeira batendo pesadamente contra madeira e senti o impacto áspero através do meu corpo, como se algo dentro de mim se quebrasse. Tum, Tum, batia o pilão, com um claro propósito, de cima para baixo, do velho jeito de sempre.

"Estava virando um purê, mãe", ousei responder, me deslocando na direção da geladeira. "Vou pegar a carne." Eu estava surpresa com a minha desfaçatez de retrucar.

Mas algo na minha voz interrompeu os movimentos eficientes de minha mãe. Ela ignorou minha resposta insinuada, um ato de rebeldia estritamente proibido em nossa casa. As batidas pararam.

"O que há de errado com você agora? Você está se sentindo mal? Quer ir para o seu quarto?"

"Não, mãe, eu estou bem."

No entanto, senti seus dedos fortes em torno do meu braço, me virando, a outra mão no meu queixo enquanto observava meu rosto. Sua voz ficou mais suave.

"É a menstruação que está deixando você mais lenta hoje?" Ela deu uma leve sacudida no meu queixo, e, quando olhei para cima, dentro de seus olhos acinzentados encobertos, eles haviam se tornado quase gentis. A cozinha de repente pareceu opressivamente quente e inerte, eu senti que tremia da cabeça aos pés.

Lágrimas que eu desconhecia escorreram dos meus olhos, ao perceber que minha antiga alegria com o jeito de esmagar os temperos, como eu tinha aprendido a fazer, me pareceria diferente de agora em diante e também que ali, na cozinha de minha mãe, só havia um jeito certo de fazer as coisas. Talvez minha vida não tivesse se tornado tão simples, afinal de contas.

Minha mãe se afastou do balcão e passou seu braço pesado ao redor dos meus ombros. Senti seu cheiro morno emanando do braço e do corpo, misturado aos aromas de glicerina e água de rosas, o perfume de seus cabelos presos num coque grosso.

"Vou terminar o jantar." Ela sorriu para mim e havia em sua voz ternura e uma ausência de irritação que era bem-vinda, embora incomum.

"Vá lá pra dentro agora e deite no sofá, vou fazer um chá."

Seu braço sobre os meus ombros era quente e levemente úmido. Pousei a cabeça em seu ombro e percebi, com um choque de prazer e de surpresa, que eu era quase tão alta quanto minha mãe, enquanto ela me conduzia para a sala de estar fresca e escura.

A POETA COMO PROFESSORA – A HUMANA COMO POETA – A PROFESSORA COMO HUMANA

Toda vez que falo sobre este tema fico dividida entre dizer: tudo bem, é assim que dou essa aula específica em determinado dia, estava chovendo, a aula funcionou/não funcionou... Em contrapartida, para lidar com o que considero ser mais fundamental do que qualquer técnica – porque a técnica varia conforme múltiplos fatores –, o exercício que escolho para um dia chuvoso com o mesmo grupo é diferente do que o que eu escolheria se fosse um dia bonito, ou no dia seguinte ao assassinato de uma criança negra por um policial, pois, não se enganem, esses climas emocionais são minuciosamente absorvidos e metabolizados pelas crianças. Então, mais do que uma técnica, acredito ser fundamental a minha percepção como um todo. A poeta como professora, a humana como poeta, a professora como humana. Elas me parecem a mesma.

Um escritor é, por definição, um professor. Ainda que eu nunca mais venha a dar outra aula, cada poema que escrevi é um esforço de compor um fragmento de verdade baseado em imagens da minha experiência e compartilhá-lo com o maior número de pessoas que possam me ouvir hoje ou no futuro. Dessa forma, todo poema que escrevo é, além de tudo, uma ferramenta de aprendizagem. Existe algo a ser aprendido ao compartilhar um

■ Original não datado, publicado pela primeira vez nesta edição. Arquivos de Audre Lorde no Spelman College, caixa 8.

sentimento verdadeiro entre duas ou mais pessoas; comunicar é ensinar – tocar – realmente tocar outro ser humano é ensinar – escrever poemas de verdade é ensinar – cavar boas trincheiras é ensinar — viver é ensinar. Sinto que o único estado humano em que não se ensina é no sono, e essa é uma propriedade que o ato de dormir tem em comum com a morte.

Sou um ser humano. Sou uma mulher negra, uma poeta, mãe, amante, professora, amiga, gorda, tímida, generosa, leal, irritável. Se eu não trouxer tudo o que sou ao que estiver fazendo, então não trago nada, ou nada de valor duradouro, pois omiti minha essência. Se não trago tudo o que sou para vocês, aqui, esta noite, falando sobre o que sinto, sobre o que sei, então cometo uma injustiça. O que puderem usar, levem com vocês; o que não puderem, deixem pra lá.

Então, vejam só, não ensino a ninguém como fazer poesia. Posso ajudar as crianças a reconhecer e respeitar a própria poesia; posso mostrar a um estudante como melhorar o que já está escrito – e com isso quero dizer especificamente aproximar o poema do sentimento que o poeta deseja evocar. Também posso encorajar um estudante a reconhecer e registrar aqueles sentimentos e experiências com os quais se forja a poesia. Mas a única maneira pela qual sou capaz de ensinar qualquer coisa a outro ser humano sobre criar poesia é ensinar sobre mim, sobre perceber quem ele/ela é.

E só posso fazer isso em razão da minha vontade de dividir meus sentimentos, as várias faces do meu eu, com qualquer individualidade, quaisquer sentimentos que um aluno escolha encontrar em sua busca pela própria poesia. A experiência da poesia é íntima. Não é fácil, nem casual, mas é real.

Espero não ter perdido a atenção de vocês, nem os assustado apenas porque estou falando de uma troca íntima que acontece quando o verdadeiro aprendizado – e também o ato de ensinar – acontece, de sentir quem sou, a percepção e a reação aos sentimentos de outros seres humanos. Porque é evidente que todos devemos perceber que é essa a troca mais fortemente proibida ou desencorajada, o exercício humano do nosso tempo.

A ética puritana se aproxima hoje da sua conclusão lógica, e os jovens atualmente conseguem ter relações sexuais sem pestanejar, porém não conseguem suportar a intimidade da análise, de um sentimento compartilhado. Mas é essa intimidade da investigação que é necessária para ensinar verdadeiramente, para escrever, para viver.

Vocês me pediram para falar dos meus sentimentos em relação à poeta enquanto professora. Eu me apresento a vocês. Apresento as faces do meu eu a cada um de vocês; aprendam a amar o seu poeta, aprendam a usá-lo. O modo como você sente, o modo como você vive, o modo como você compartilha seus sentimentos, é assim que você ensina.

A POESIA FAZ ALGUMA COISA ACONTECER

A poesia faz alguma coisa acontecer, de fato. Faz com que você aconteça. Faz a sua vida acontecer, lide você com ela ou não. A poesia, por definição, também é uma professora. Se eu nunca mais der aula, cada poema que escrevi é um esforço de compor um fragmento de verdade com base em imagens da minha experiência e compartilhá-lo com o maior número de pessoas que possam me ouvir hoje ou no futuro. Isso é algo que a poesia tem em comum com outro trabalho duro. Fazer poemas de verdade é ensinar, cavar boas trincheiras é ensinar, sobreviver é ensinar. O único estado humano em que não se ensina é no sono, e essa é uma propriedade que o ato de dormir tem em comum com a morte.

Não posso separar minha vida da minha poesia. Escrevo minha vida e vivo meu trabalho. Sou uma mulher negra poeta lésbica mãe amante professora amiga guerreira, e sou tímida, forte, gorda, generosa, leal e irritável. Se eu não trouxer tudo o que sou ao que estiver fazendo, então não trago nada, ou nada de valor duradouro, pois omiti minha essência. Se não trago tudo o que sou para vocês, aqui, falando sobre o que sinto, sobre o que sei, então cometo uma injustiça. O que puderem usar, levem com vocês; o que não puderem, deixem pra lá.

■ Original não datado, publicado pela primeira vez nesta edição. Arquivos de Audre Lorde no Spelman College, caixa 8. Este ensaio traz trechos similares ao capítulo anterior, possivelmente uma versão do mesmo texto.

Minha poesia não está separada da minha vivência, e o mesmo acontece com a de vocês. O único jeito de ensinarmos outra pessoa a fazer poesia é ensiná-la como sentir quem ele/ela é. A experiência da poesia é íntima, e isso é crucial. Por essa razão, é claro, as pessoas resistem a ela, se ressentem. A busca de uma pessoa pela própria poesia é basicamente uma atividade subversiva, porque essa atitude dá cor à existência, e somos bem pagos para nos recusarmos a perceber quem somos. É difícil sentir raiva e fúria, frustração e luto. É muito mais fácil nos mantermos emocionalmente distantes ou nos darmos ao luxo de uma rápida masturbação emocional que frequentemente é confundida com sentimento. É difícil aceitar como coletiva a tragédia das crianças mortas a tiros nas ruas de Soweto. Somos muito bem pagas para nos recusarmos a sentir. Somos pagas em confortos materiais venenosos, somos pagas em falsa segurança, em crenças espúrias de que posse significa sobrevivência, de que a batida na porta à meia-noite sempre vai ser na porta de outra pessoa. Enquanto estamos sentados aqui, crianças negras e estudantes universitários estão sendo presos, torturados e mortos nas ruas e prisões da África do Sul. Não estamos separados desse horror. Aconteceu antes em Nova York, aconteceu antes em Chicago, aconteceu antes em Jackson, Mississippi, aconteceu em Ohio, e vai acontecer de novo. Quantas de nós sentimos que essas tragédias são nossas? Também estamos envolvidas com elas de forma íntima e vital. Quantas de nós reconhecemos que elas tornarão a acontecer até agirmos, até usarmos nosso poder contra esses horrores, quem quer que sejamos e onde quer que estejamos? Não existe sobrevivência separada.

Então, ensinar poesia é ensinar a reconhecer o sentimento, é ensinar sobrevivência. Não é fácil nem casual, mas é necessário e proveitoso. O papel do poeta enquanto professor é encorajar a intimidade e a investigação. À medida que aprendemos essa intimidade, os medos que nos governam e formam nossos silêncios começam a perder poder sobre nós. Provavelmente sempre sentiremos medo, porque fomos socializadas para ter medo, de sermos reveladas, de sermos ridicularizadas, de sermos diferentes, de sermos magoadas. No entanto, conforme nossa poesia se torna mais forte, o medo perde importância, assim como o cansaço. E estamos acostumadas a trabalhar mesmo estando cansadas.

A poesia não é um luxo. A qualidade da luz sob a qual examinamos nossa vida interfere diretamente no modo como vivemos, nos resultados que obtemos e nas mudanças que esperamos promover ao longo desta vida. Isso é poesia como iluminação, pois é por meio dela que nomeamos aquelas ideias que, antes do poema, não têm nome nem forma, que estão para nascer, embora já sejam sentidas. A destilação da experiência da qual brota a verdadeira poesia faz nascer o pensamento, tal como o sonho faz nascer o conceito, tal como a sensação faz nascer a ideia, tal como o conhecimento faz nascer – ou antecede – a compreensão.

Quando encaramos a vida sob o olhar europeu, apenas como um problema a ser resolvido, confiamos unicamente nas ideias para nos libertar, pois os patriarcas brancos nos disseram que somente as ideias eram valiosas. Entretanto, conforme aprofundamos o contato com nossa ancestralidade, com nosso modo antigo e original não europeu de encarar a vida como uma situação a ser experimentada e com a qual interagimos, aprendemos a valorizar nossos sentimentos e a respeitar essas fontes profundas e ocultas do nosso poder, das quais nasce o verdadeiro conhecimento e, portanto, a ação duradoura. A pedra fundamental para a nossa sobrevivência como raça é a fusão dessas duas abordagens, e nos aproximamos ainda mais dessa combinação em nossa poesia.

Poesia é a maneira como ajudamos a nomear o que não tem nome, para que possa ser pensado. Os horizontes mais longínquos de nossas esperanças e medos são pavimentados por nossos poemas, esculpidos nas rochas, nossas experiências diárias sentidas com honestidade. Os sentimentos de cada um são santuários e campos férteis para as ideias mais radicais e ousadas. Agora mesmo, eu poderia citar dez ideias que consideraria intoleráveis ou incompreensíveis e assustadoras, a menos que viessem de sonhos e poemas. A poesia não é apenas sonho e visão, é o esqueleto arquitetônico da vida.

Os patriarcas brancos nos disseram: "Penso, logo existo". Mas a mãe negra dentro de cada uma de nós – a poeta – nos sussurra em sonhos: "Sinto, logo posso ser livre". A poesia cria a linguagem para expressar e constituir a implementação dessa liberdade. Agostinho Neto, o poeta que levou o povo angolano à liberdade, sabia disso.

Às vezes, contudo, nos drogamos com o sonho de novas ideias. A cabeça vai nos salvar. O cérebro sozinho vai nos libertar. Mas não há ideias novas nem esquecidas, novas combinações e reconhecimentos dentro de nós ao lado da coragem renovada de experimentá-las, de ousar viver aqueles sonhos que algumas de nossas ideias depreciam. Na dianteira do movimento em direção à mudança, há apenas a poesia para dar pistas da possibilidade transformada em realidade. Não há novas ideias, apenas novas maneiras de fazer com que elas sejam sentidas, de torná-las reais. Dentro das estruturas sob as quais vivemos, definidas pelo lucro, por uma linha plana e contínua de poder e pela desumanização institucional, nossos sentimentos não deveriam sobreviver. Deveriam ser mantidos ao nosso redor como acessórios inevitáveis ou passatempos prazerosos. Deveriam se curvar ao pensamento como as mulheres deveriam se curvar diante dos homens. As mulheres, porém, têm sobrevivido, assim como nossos sentimentos. Como poesia. E não há novas dores. Já as sentimos antes. E escondemos esse fato no mesmo lugar em que temos escondido nosso poder. Eles emergem nos sonhos, emergem em nossos poemas, e ambos apontam o caminho para nossa liberdade.

Vocês vieram aqui esta noite para que eu compartilhasse meus sentimentos a respeito da poeta enquanto professora. Eu me apresento a vocês. Apresento cada uma das faces do meu eu a vocês. Aprendam a amar o poder de seus sentimentos e o usem para o seu próprio bem.

PREFÁCIO DA NOVA EDIÇÃO DE NEED: A CHORALE FOR BLACK WOMAN VOICES

Esta versão revisada de *Need: A Chorale for Black Woman Voices* [Precisa-se: Um coral de vozes de mulheres negras] foi preparada para uso específico em aulas, em pequenas reuniões comunitárias ou familiares, em igrejas e grupos de discussão, a fim de iniciar o diálogo entre mulheres negras e homens negros sobre a questão da violência contra a mulher em nossas comunidades. As alterações no texto desde que o poema foi publicado pela primeira vez resultam de leituras em voz alta feitas em várias ocasiões por grupos de mulheres.

Need foi escrito em 1979 depois que doze mulheres negras foram mortas na região de Boston num período de quatro meses. Em um movimento que teve suas bases lideradas por lésbicas negras e latinas, mulheres de cor da área protestaram: lésbicas e heterossexuais, em coalizões com Igrejas e grupos de conscientização. Reunidas entre si, bem como com suas famílias e amigas, suas inimigas também – tanto faz –, elas lançaram uma campanha de informação/indignação. Minha imagem mais duradoura daquela primavera, além da tristeza doentia, da raiva e da preocupação, era das mulheres que conhecia, amava e pelas quais temia: Barbara Smith, Demita Frazier, Margo Okazawa-Rey e mulheres cujos nomes não sei, liderando uma marcha pelas ruas de Boston

■ O poema *Need* foi escrito por Audre Lorde em 1979. Este prefácio foi publicado em 1989 numa publicação da editora Kitchen Table.

atrás de uma faixa imensa costurada com um verso de Barbara Deming: "NÃO PODEMOS VIVER SEM NOSSAS VIDAS".

Escrevi *Need: A Chorale for Black Woman Voices* porque senti que tinha de usar a intensidade da fúria, da frustração e do medo de que fui tomada para criar algo que ajudasse a mudar os motivos pelos quais me sentia daquele jeito. Alguém precisava falar, além daqueles eventos e desta vez, ainda que fora de seu imediatismo terrível, a respeito do fato reiterado de que o sangue das mulheres negras está fluindo pelas ruas de nossas comunidades – com muita frequência derramado por nossos irmãos e, geralmente, sem nenhum destaque ou crítica. Pior, esse sangue recebe justificativas ou explicações distantes daqueles efeitos horríveis do racismo que compartilhamos como povo negro.

Quando foi a última vez que você viu uma notícia na primeira página – ou em qualquer página – do jornal sobre uma mulher negra encontrada morta, na sua vizinhança, estuprada, pisoteada, queimada ou envenenada?

Quando comecei a escrever o poema, fluíram de dentro de mim toda a dor e as perdas com a morte das mulheres negras sobre as quais li e ouvi falar nos meses anteriores, durante minhas viagens; se estivéssemos progredindo como povo negro, não esconderíamos mais o feminicídio atrás dessa cortina de fumaça da construção de uma nação. Não podemos construir uma nação negra em cima do sangue de mulheres e crianças negras sem que todos nós, homens e mulheres, sejamos, enquanto povo, os perdedores. É simples assim, complexo e terrível assim.

É claro que eu estava com medo. Do ataque de minhas irmãs e irmãos, por contar histórias fora da escola. Das minhas irmãs, que, por causa do pavor e da vulnerabilidade, poderiam me trair. Aterrorizada com a raiva dos meus irmãos, de ser chamada de traidora, de ser acusada de dar armas ao inimigo. Mas eu sabia que nenhuma arma é tão terrível quanto aquelas que usamos uns contra os outros, que mulheres e homens negros tinham de começar a conversar entre si e com nossas crianças sobre essa expressão dispendiosa de violência, ou todos estaríamos perdidos.

Escrevi esse poema em 1979 como uma ferramenta de organização, como um ponto de partida para outros textos sobre o tema e para a discussão entre homens e mulheres negras. Escrevi esse poema para cada uma das doze mulheres mortas em Boston naquele janeiro frio e soturno. Escrevi para cada rosto naquela marcha, para os que conheço e para os que não sei de quem são. Escrevi para Patricia Cowan, assassinada quatro meses antes em Detroit. Escrevi para Marta, a filha dos meus vizinhos, de expressão doce, a primeira em sua família a se formar no ensino médio, morta a tiros na própria cama.

Escrevi para as três meninas, vítimas dos assassinatos em Atlanta, cujos nomes nunca foram ditos.

Escrevi para toda mulher negra que já sangrou nas mãos de um irmão.

Escrevi para cada irmão que baixou a cabeça e chorou num silêncio atordoado depois do acontecido, perguntando-se o que o tinha possuído.

Escrevi para o meu filho e para a minha filha.

Escrevi o poema porque queria falar do feminicídio negro de uma forma que não pudesse ser ignorada ou tratada com indiferença por qualquer pessoa negra que o ouvisse, na esperança de que talvez cada um de nós fizesse algo em nosso cotidiano para mudar essa destruição.

Escrevi para a mulher negra lê-lo em voz alta toda vez que precisasse. Escrevi por mim.

Também escrevi *Need: A Chorale for Black Woman Voices* para o homem negro que, com lágrimas nos olhos, se aproximou de mim em Rutgers, Nova Jersey, depois da primeira vez que o li, dizendo o quanto estava contente por ter ouvido aquilo. E escrevi para o jovem irmão que ergueu seu punho para mim ao sair da minha leitura naquele mesmo ano em Detroit, gritando: "Você é uma mulher perigosa!".

Pouco mudou desde então.

Em 1985, tive uma conversa com James Baldwin no Hampshire College em Massachusetts, não muito longe de Boston. Uma das discussões mais acaloradas que tivemos foi a respeito daquelas doze mulheres negras assassinadas, da violência sexual e do assédio contra mulheres negras em geral, dentro das nossas comunidades. Estavam presentes outras duas mulheres negras, outros dois homens negros, um homem branco e um jovem estudante negro.

Jimmy e um dos homens negros mais velhos concordavam que, sob as tremendas pressões do racismo, homens negros não podiam ser considerados responsáveis pela violência que praticavam contra as mulheres negras, uma vez que era uma reação a um sistema injusto, e mulheres negras eram apenas vítimas secundárias. Um dos homens negros foi tão longe que chegou a dizer: "O homem negro não está atacando a mulher negra; atacaria uma ovelha se fosse o que estivesse diante dele...". A isso, respondi, e mantenho minha resposta: "Sim, mas não sou uma ovelha, sou sua irmã... e estou aprendendo a usar uma arma. Se acabarmos tendo que matar uns aos outros em vez de a nossos inimigos, será um desperdício terrível para todos nós".

Nesse ponto, o jovem estudante negro na sala se voltou para os homens mais velhos, em defesa da mãe e das irmãs e do direito delas de se defenderem nas ruas. Gostaria que aquele jovem soubesse que foi um apoio genuíno para mim e que escrevi *Need* para ele também.

Enquanto atos agressivos da violência racista branca se intensificam ao nosso redor – ainda que os homens negros sejam o foco, não são exclusivamente as únicas vítimas (lembrem-se de Eleanor Bumpurs e Yvonne Smallwood) –,[3] a violência con-

---

3 \ Eleanor Bumpurs, 67 anos, uma avó negra assassinada com uma escopeta em 1984, em seu apartamento em um conjunto habitacional público, por um oficial da polícia habitacional da cidade de Nova York durante uma ação de despejo devido ao atraso de um mês do valor do aluguel. Yvonne Smallwood, espancada até a morte por policiais de Nova York numa esquina de Manhattan por causa de uma multa de trânsito aplicada a seu namorado.

tra mulheres negras, a denunciada e a subnotificada, ambas se intensificam em nossas comunidades. É hora de aumentar o volume outra vez contra esse segredo dispendioso, sem escondê-lo sob o manto da falsa unidade, sem se afastar dele, acreditando que será resolvido por outra pessoa.

Mulheres negras não aceitarão mais ser assassinadas como ovelhas nos altares da frustração do homem negro. Em contrapartida, não queremos ter de matar homens negros a tiros em legítima defesa. Então, mulheres e homens negros devem criar formas de trabalhar juntos como um povo para que esses assassinatos tenham fim. Precisamos demais uns dos outros para nos destruirmos. Precisamos muito uns dos outros, genuinamente, como pessoas negras sem medo de seus semelhantes.

Cada um de nós tem alguma contribuição a dar para a vida de meninos negros que são parte do futuro. Cada um de nós tem uma voz que pode ser ouvida, e essa voz deve ser usada. Cada pessoa negra neste país é, de alguma forma, responsável por ensinar aos nossos filhos que a masculinidade deles não será encontrada numa poça de sangue de mulheres negras.

E cada vez mais há homens negros levantando sua voz com essa lição. Em um estudo minucioso e ponderado a respeito do estupro em comunidades negras, Kalamu ya Salaam observou: "Mulheres [negras] estão se revoltando, e homens [negros] estão se conscientizando de que sua responsabilidade na luta contra o machismo contribui coletivamente para acabar com o estupro".[4]

Precisamos falar sobre o que fazemos uns com os outros, não importam quais dores e raivas tenham de ser desenterradas com essas conversas. Esse poema é um bom ponto de partida como qualquer outro. Somos importantes demais uns para os outros para nos desperdiçarmos em silêncio.

"NÃO PODEMOS VIVER SEM NOSSAS VIDAS."

4\ Kalamu ya Salaam, "Rape: A Radical Analysis from an African-American Perspective", em *Our Women Keep Our Skies from Falling*. New Orleans: Nkombo, 1980, pp. 25–41.

INTRODUÇÃO A MOVEMENT IN BLACK, DE PAT PARKER

Em 1969, na última noite de minha primeira viagem à Costa Oeste, entrei numa sala e conheci uma jovem poeta negra com fogo nos olhos, uma cerveja na mão e expressão mal-humorada no rosto. Havia poemas em sua cama, nas mesas, na geladeira, embaixo da cama, e, pelo jeito como revirava o apartamento, procurava – não por respostas – mas por perguntas inexpressáveis. Nós duas éramos negras, lésbicas, ambas poetas, em um mundo muito branco, hétero e masculino, e passamos a noite toda trocando poemas. No dia seguinte, o continente nos separou, e durante alguns anos li os dois primeiros livros de Pat Parker com admiração, às vezes preocupada se ela/nós sobreviveria/sobreviveríamos (o que para mulheres/negras/poetas é sinônimo de crescimento).

Agora, com amor e admiração, apresento Pat Parker e esta nova coletânea de sua poesia. Estes poemas não precisariam de apresentação se não fossem o racismo e o heterossexismo do *establishment* da poesia, que a privaram do reconhecimento merecido por uma voz dinâmica e original em nossa poesia hoje.

■ Publicado originalmente em *Movement in Black: The Collected Poetry of Pat Parker* (Baltimore: Diana Press, 1978).

Sou uma cria da América
uma filha adotada
criada num quarto dos fundos[5]

Mesmo quando um verso fraqueja, a poesia de Parker sustenta, reage e não desaba. É limpa e afiada sem ser arrumada. Embora suas imagens sejam precisas, a clara exatidão de suas visões encoraja uma honestidade que pode ser tão desconfortável quanto convincente. Suas palavras vêm de uma mulher e não fazem concessões.

IRMÃ! seu pé é menor
mas ainda está no meu pescoço[6]

Sua ternura é muito direta:

Um corpo de mulher deve ser ensinado a
falar suportando uma vida inteira de chaves, uma alma paciente[7]

E, quando é direta, pode ser igualmente terna:

Minhas mãos são grandes
e ásperas e calosas
como as de minha mãe –[8]

Sua voz de mulher negra ressoa verdadeira, profunda e gentil, com um eco metálico. É um badalar distante, impiedoso e vulnerável. Em seus poemas, Parker se apossa de suas fraquezas e forças, e ela não desiste. Ainda que chore, suas palavras evocam o verdadeiro poder que nasce do cerne de si.

5\ Versos originais: "I am a child of America / a step child / raised in a back room".
6\ "SISTER! Your foot's smaller / but it's still on my neck."
7\ "A woman's body must be taught to / speak bearing a lifetime of keys, a patient soul."
8\ "My hands are big / and rough and callous / like my mother's."

Um fosso é um abismo
vamos brindar à minha vergonha[9]

Como lésbica negra poeta, Parker sabe que, para todas as mulhe-res, os conflitos mais duradouros estão longe de ser simples.

Para as irmãs que ainda pensam que o medo é um motivo para ficar em silêncio, a poesia de Parker diz alto e claro: EU SOBREVIVI! EU VEJO E FALO!

9\ "A pit is an abyss / let's drink to my shame."

PREFÁCIO DA EDIÇÃO EM INGLÊS DE FARBE BEKENNEN

Na primavera de 1984, passei três meses em Berlim ministrando um curso sobre poetas negras americanas e uma oficina de poesia em inglês para estudantes alemãs. Um dos meus objetivos ao realizar essa viagem era conhecer mulheres negras, pois tinha ouvido que havia poucas em Berlim.

Quem são elas, as mulheres alemãs da diáspora?[10] Onde nossos caminhos se intersecionam enquanto mulheres de cor – além dos detalhes de nossas opressões particulares, embora certamente não seja fora dos parâmetros desses detalhes? E onde nossos caminhos divergem? Mais importante, o que podemos aprender com nossas diferenças relacionadas que será útil para ambas, afro-alemã e afro-americana?

Afro-alemã. As mulheres disseram que nunca ouviram esse termo ser usado antes.

10 \ Exceto pelo primeiro parágrafo, a abertura deste texto foi publicada como uma entrada de diário, de 23 de maio de 1984, em "Uma explosão de luz". Na edição alemã de *Farbe Bekennen* [Mostre suas cores: Mulheres afro-alemãs nos rastros de sua história], de 1986, a contribuição de Lorde é identificada como uma introdução; na edição em inglês, *Showing Our Color*, de 1992, este texto expandido é tratado como prefácio.

■ Escrito em St. Croix, Ilhas Virgem, em 30 de julho de 1990. Publicado originalmente em Katharina Oguntoye, May Opitz e Dagmar Schultz (orgs.), *Farbe Bekennen: Afro-deutsche Frauen auf den spuren ihrer Geschichte* (Berlin: Orlanda Frauenverlag, 1986). A edição em inglês, *Showing Our Colors: Afro-German Women Speak Out*, tradução de Anne V. Adams, foi publicada pela University of Massachusetts Press em 1992.

Perguntei a uma das estudantes negras como ela pensava sobre si mesma enquanto crescia. "A melhor coisa de que nos chamavam era 'bebês da guerra'", ela contou. A existência da maioria das alemãs negras, contudo, nada tem a ver com a Segunda Guerra Mundial; de fato, é muitas décadas anterior a isso. Na minha aula, há mulheres negras alemãs que mapeiam sua herança afro-alemã até os anos 1890.

Para mim, afro-alemã significa o rosto reluzente de Katharina e May numa conversa animada sobre a terra natal de seus pais, as comparações, alegrias, decepções. Significa o meu prazer de ver outra mulher negra entrar na minha sala de aula, sua reticência cedendo lentamente enquanto ela explora uma nova autoconsciência, ganha novas maneiras de pensar sobre si mesma em relação a outras mulheres negras.

"Nunca pensei em afro-alemã como um conceito positivo antes", ela disse, expressando a dor de ter que viver uma diferença inominável, manifestando o poder crescente de autoinvestigação que era forjado por essa diferença.

Estou animada com essas mulheres, com seu senso de identidade desabrochando conforme elas começam a dizer, de um jeito ou de outro: "Deixem-nos ser nós mesmas agora que nos definimos. Não somos fruto da sua imaginação ou uma resposta exótica aos seus desejos. Não somos um acessório para o seu desejo". Posso vê-las como uma força crescente pelas mudanças internacionais, ao lado de outras afro-europeias, afro-asiáticas, afro-americanas.

Somos esse povo hifenizado da diáspora cujas identidades autodefinidas não são mais segredo vergonhoso em nossos países de origem; em vez disso, são declarações de força e de solidariedade. Somos uma frente cada vez mais unida sobre a qual o mundo ainda não ouviu falar.

Apesar do terror e do isolamento que algumas dessas mulheres conheceram desde a infância, elas são mais livres do dilema emocional encarado pelas feministas brancas alemãs hoje. Frequentemente, tenho encontrado uma culpa nacional imobilizante nas alemãs brancas que as impede de agir de acordo com o que dizem acreditar. Suas energias, embora bem-intencionadas, não estão sendo usadas, estão indisponíveis para as lutas contra o racismo, o antissemitismo, o heterossexismo, a xenofobia. Porque parecem incapazes de aceitar quem são, essas mulheres geralmente falham ao analisar e buscar o poder relativo a suas identidades. Desperdiçam esse poder ou, pior, o entregam aos inimigos. Quatro décadas depois do nazismo, a pergunta permanece para muitas alemãs brancas: como posso extrair forças de minhas raízes quando elas estão entrelaçadas a uma história tão terrível? O terror da autoinvestigação às vezes está disfarçado de arrogância insuportável, impotente e dissipadora.

As palavras dessas alemãs negras documentam essa rejeição do desespero, da cegueira, do silêncio. Uma vez que uma opressão é expressa, pode ser combatida com sucesso.

Há seis anos escrevi o texto acima. O surgimento desta tradução de *Farbe Bekennen* [Mostre suas cores] realiza um sonho que eu nutrira quando escrevi essas palavras – de tornar as histórias de nossas irmãs afro-alemãs disponíveis para os falantes de inglês na diáspora.

Farbe Bekennen apresenta com eloquência os efeitos peculiares do racismo na vida de treze alemãs negras contemporâneas. E, com a pesquisa de May Opitz, também nos fornece a história pouco conhecida do racismo branco na Alemanha e sua influência sobre as mulheres e os homens negros alemães, dos primeiros vindos da África até o presente. Pode surpreender que esse período compreenda centenas de anos.

O primeiro livro publicado na Alemanha que aborda afro-alemães como uma identidade nacional, *Farbe Bekennen* resultou na formação da Initiative Schwarze Deutsche (ISD) [Ação dos Alemães Negros], a primeira organização nacional de negros alemães. Atualmente, existem grupos da ISD em várias cidades do país, tanto no lado oriental como ocidental. O conteúdo de *Farbe Bekennen* ganha importância na atualidade, nesta conjuntura da história alemã, quando a reunificação iminente levanta questões críticas sobre a definição das identidades alemãs.

Aqueles que traçam nossas raízes de volta ao continente africano estão espalhados por todos os países. Enquanto nos encarregamos das tarefas difíceis e específicas de sobreviver no século XXI, nós da diáspora africana precisamos reconhecer nossas diferenças e nossas semelhanças. Abordamos nossa vivência influenciados pelo modo africano; a vida como experiência a ser aprendida em vez de meramente se apresentar como problemas para resolver. Buscamos o que é mais proveitoso para todas as pessoas e menos fome para os nossos filhos. No entanto, não somos iguais. Histórias particulares forjaram nossas armas específicas e *insights* individuais. Para lutar com sucesso contra as muitas faces da opressão racial institucional, devemos compartilhar as forças de nossas visões, assim como a munição criada apoiada nas experiências particulares.

Primeiro, devemos reconhecer uns aos outros.

Algumas dessas mulheres têm mantido e nutrido relações com seus parentes africanos. Outras reconheceram sua negritude na ausência quase total de uma comunidade negra. O que significa ser definida de maneira negativa desde o nascimento em seu país por causa de um pai que possivelmente nunca foi visto ou conhecido? Como se define uma identidade cultural quando nunca se viu outra pessoa negra durante a infância inteira?[11]

A presença da África na europa, todavia, é anterior ao Império Romano. Um crânio neandertal, descoberto em Dusseldorf, na Alemanha, remonta à Idade da Pedra e é o espécime africano mais antigo encontrado na europa. Júlio César trouxe legiões negras para a Alemanha, e muitos nunca retornaram. A presença histórica de negros africanos nas cortes, universidades, monas-

---

11 \ Com um agradecimento a Ike Hugel, pela conversa em 10 de julho de 1990.

térios e quartos nos séculos XVII, XVIII e XIX surpreende apenas aqueles acadêmicos pseudoeducados em bastiões europeizados do etnocentrismo institucional. Na Universidade de Wittenberg, no início dos 1700, William Anthony Amo, um guineano que mais tarde se tornaria conselheiro de Estado em Berlim, obteve o grau de doutor por um trabalho filosófico intitulado *The Want of Feeling* [O desejo por sentimento].[12]

Dois idosos negros alemães cujas histórias são contadas aqui representam a segunda geração de uma família afro-alemã de quatro gerações. Uma de suas netas também está entre as autoras.

O racismo delimita uma faixa ampla e corrosiva na vida de cada um de nós. O clima evidente que ele mobiliza pode mudar de acordo com a sociedade e as situações nacionais. Mas nossas conexões são reais. Além de moldar nossas identidades nacionais individuais dentro da diáspora, a questão é pertinente para afro-americanos, afro-europeus e afro-asiáticos: qual é a nossa relação com a África como um todo? Qual deveria ser a nossa contribuição e a nossa expectativa de Estados africanos fortes e independentes? Qual é o nosso papel como cidadãos na luta pela libertação na África do Sul? Qual é nossa responsabilidade?

Como membros de uma comunidade internacional de pessoas de cor, como fortalecemos e apoiamos uns aos outros em nossas batalhas contra a onda crescente de racismo internacional?

Entro numa confeitaria impecável e turística na recém-aberta Berlim Ocidental de 1990. A jovem atendente alemã branca me olha com aversão, dispara uma resposta indignada à minha primeira pergunta, então vira de costas para mim e minha acompanhante até sairmos da loja. Lá de fora, olho para ela, que também se virou. Através do vidro, nossos olhos se encontram. Aquele

---

12\ Ver May Optiz (pseudônimo usado por May Ayim), "Racism, Sexism, and Precolonial Images of Africa in Germany", em May Optiz, Katarina Oguntoye e Dagmar Schultz (orgs.), *Showing Our Colors: Afro-German Women Speak Out*, traduzido do alemão para o inglês por Anne V. Adams (Amherst: University of Massachusetts Press, 1992); e Ivan Van Sertima, *African Presence in Early Europe* (New Brunswick: Transaction, 1985).

olhar de ódio que ela lançou contra o vidro na minha direção é prolongado, intenso e muito familiar. Tenho sobrevivido a olhares como esse em Jackson, Mississippi, San Francisco, Staten Island e em outras incontáveis cidades norte-americanas.

Leio as páginas de *Farbe Bekennen* e não há dúvida de que nossa guerra é a mesma.

Escrevo estas palavras num momento em que Berlim Ocidental, como toda a Alemanha, está se tornando um lugar muito diferente da cidade isolada, com sabores internacionais, de seis anos atrás. O muro terrível que já cercou essa cidade a manteve à distância da Alemanha Ocidental e do restante da europa. Ao mesmo tempo, forneceu um véu de glamour internacional. Agora o muro caiu.

Geográfica e politicamente, a Alemanha fica no meio da europa. Reunificada, ela representará de novo uma força poderosa nas questões europeias. Historicamente, essa força não tem sido pacífica. Uma nova Alemanha terá o poder potencial e um papel relativo a desempenhar influenciando a direção que esse poder tomará no destino dos afro-alemães, assim como as posições políticas dos Estados Unidos são parte do destino dos afro-americanos.

Sem uma perspectiva, toda mudança social se assemelha à morte. Hoje, a violência inflamada pelo ódio está sendo propagada na Alemanha Oriental e na Ocidental, estimulada por fúrias desorientadas, agressão mal direcionada na mudança caótica e desespero com o colapso da trama da vida diária. Entretanto, essas paixões não são novas na história alemã. Seis milhões de judeus e centenas de milhares de homossexuais, supostos ciganos, poloneses e pessoas de cor mortos, torturados e castrados atestam o que pode acontecer quando tais paixões são direcionadas para uma ideologia.

Na Alemanha Oriental depois da Segunda Guerra Mundial, o comunismo reprimiu o fascismo, mas não o destruiu. Racismo, antissemitismo e xenofobia foram severamente combatidos por meio da legislação no Oriente, mas nunca foram reconhecidos como uma realidade nacional. Essas forças encontram agora sua expressão física no aumento acentuado de ataques a pessoas de cor e a trabalhadores estrangeiros convidados, assim como a alemães negros.

Tais ataques também estão aumentando na Alemanha Ocidental, encorajados pelo mesmo elemento neonazista adormecido, estimulado pela perspectiva de uma unificação que propiciará um clima econômico e político no qual esse elemento pode se expressar. Crianças de Berlim Ocidental esguicham pistolas de água em uma mulher negra em Kurfürstendamm. Eles usam "judeu" como um xingamento contra qualquer vizinho branco de quem seus pais não gostem e nem sequer sabem o que essa palavra significa. Esse racismo e antissemitismo agressivos na Alemanha têm sido alimentados há muito pela propagação mundial de um conservadorismo reacionário cujos principais porta-vozes nos últimos dez anos foram a primeira-ministra da Inglaterra, Margaret Thatcher, e o presidente dos Estados Unidos, Ronald Reagan.

Comunidades da diáspora africana são minorias nacionais nos países em que nasceram, mas, considerados ao lado das populações do continente africano, a balança muda. Em nível global, a maré crescente de conservadorismo reacionário pode ser vista como um caso de superpoderes brancos, Oriente e Ocidente, decidindo se unir apesar das diferenças ideológicas, porque, com a iminente libertação da África do Sul, mesmo eles podem ver a escrita nos muros.

Na Alemanha Ocidental, nos últimos meses de 1990, jovens turcos foram apedrejados até a morte. Um estudante paquistanês foi espancado até a morte nos degraus de uma universidade em Berlim Ocidental. Mulheres afro-alemãs foram abordadas verbalmente durante o dia no metrô de Berlim por *skinheads*, enquanto passageiros brancos observavam em silêncio. Em Dresden, na Alemanha Oriental, uma mulher turca foi espancada e maltratada por uma gangue de torcedores enquanto a polícia local assistia.

Duas noites depois dessa ocorrência, numa leitura de poesia em Dresden, falei sobre a necessidade de nos organizarmos contra esses acontecimentos. A maioria do público era composto de mulheres brancas e jovens afro-alemães de ambos os sexos. Mulheres negras e brancas de Berlim Oriental e Ocidental tomavam conta da porta. Enquanto eu falava, através do vidro, pude ver homens jovens, grandes, brancos do lado de fora, se abaixando, espiando o lado de dentro, rindo e tomando cerveja. Eu me senti assumindo uma postura de luta enquanto fazia minha leitura. Pela primeira vez em seis anos, senti medo enquanto lia minha poesia na Alemanha. Pedi aos nossos irmãos afro-alemães que nos acompanhassem até o carro para voltarmos a Berlim. Os bebedores de cerveja, enfileirados na escada enquanto saíamos, não sabiam que uma de nossas irmãs afro-alemãs era faixa preta em *tae-kwon-do*.

Negros alemães não aceitam passivamente esse estado das coisas. No Ocidente e no Oriente, estão se unindo para apoio e ação, geralmente em coalizão com outros grupos. Estão aprendendo a identificar e a usar seu poder, embora relativo, para a própria sobrevivência e no sentido de uma redefinição da consciência nacional alemã.

Membros da diáspora africana estão conectados pela herança, apesar de separados pelo nascimento. Podemos extrair força dessa conexão. Afro-americanos e afro-europeus incorporam em sua consciência certas rupturas e alienações de identidade. Ao mesmo tempo, concentramos em nossa essência a possibilidade de fundir o melhor de todas as nossas heranças. Somos pessoas hifenizadas, espalhadas por todos os continentes do mundo, membros de uma comunidade internacional de pessoas de cor que compõem sete oitavos da população mundial.

A essência de um feminismo verdadeiramente global é o reconhecimento da conexão. Mulheres na Micronésia dão à luz bebês que não têm ossos por causa do histórico de testes nucleares no sul do Pacífico. Em 1964, a CIA entregou Nelson Mandela para a polícia da África do Sul, o que resultou em seu encarceramento por 27 anos. Com a conivência de senadores como Jesse Helms, os Estados Unidos enviam milhões para ajudar os sul-africanos – a deter as forças da Unita, mas menos de 2% da ajuda dos Estados Unidos se destina aos países do Caribe. Mulheres trabalhadoras rurais na Jamaica estão entre as que recebem as remunerações mais baixas do mundo. No início de 1990, enquanto a ajuda para o Leste Europeu aumentou rapidamente, o apoio para a Jamaica foi cortado em 80%.

Mulheres americanas de qualquer cor não podem se dar ao luxo de se consolar com atitudes paroquiais que geralmente nos cegam para o restante do mundo. Mulheres negras alemãs incluídas neste livro oferecem reflexões para as complexidades de um futuro feminismo global.

Este livro serve de lembrete para as mulheres afro-americanas de que não estão sozinhas em nossa situação mundial. Diante dos novos alinhamentos internacionais, existem conexões vitais e diferenças que precisam ser examinadas entre mulheres afro-europeias, afro-asiáticas e afro-americanas, assim como entre nós e nossas irmãs africanas. Os primeiros passos na análise dessas conexões consistem em identificar quem somos, nos reconhecermos e ouvir cuidadosamente as histórias umas das outras.

Na intenção da sobrevivência de todas nós e de nossos filhos, essas mulheres negras alemãs reivindicam suas cores e suas vozes.

EVA'S MAN, DE GAYL JONES
Uma resenha

Eva Medina Canada, uma mulher negra oprimida, envenena seu amante de três dias e arranca seu pênis com os dentes.

Se essa história precisa ser contada, isso tem de ser feito sem a dor que, a menos que examinada e investigada, estará sempre presente e deturpada, porque nunca será amenizada nem resolvida. Mas *Eva's Man* [O homem de Eva] não se propõe a essa análise emocional. Do encontro de Eva, aos oito anos, com Freddy Smoot, que examinou sua vagina com um palito de picolé, à conexão com sua colega de cela Elvira, a obra apresenta um mosaico de violências sexuais que despersonalizam e depravam ao mesmo tempo em que atam uma vítima a outra.

É, contudo, uma tragédia de opressão, que, permanecendo entre escombros físicos e emocionais de inimigos, reais ou imaginários, ou de egos, amados ou desprezados, ainda não pressupõe nenhum futuro diferente. Repetitiva como uma apresentação de *slides* depravada em vez de atos terríveis de pessoas violentadas, a destrutividade humana em *Evas's Man* irrompe sem sentimento nem compreensão, sem contexto. E assim pode existir seguramente separada de nós e de nossas fúrias.

No primeiro romance da autora, *Corregidora*, Ursa tateia, ainda que fracamente, alguma definição de si, diferente daquela

---

■ Não foram encontrados registros de que este texto tenha sido publicado. Estava nos arquivos de Audre Lorde no Spelman College, caixa 8.

imposta pela história e por seus ancestrais. Eva Canada, entretanto, não tem uma história nem personalidade, apenas uma fome insatisfeita, dor e uma vingança muda. A mentira já foi contada muitas vezes, de que aquilo que as mulheres negras sabem fazer melhor é sofrer e castrar. O ato final de Eva sobre Davis não é monstruoso porque é feio, mas porque finge ter significado.

Mas se trata de um livro que merece atenção. O talento subjacente aos quase *insights* deveria ser encorajado a se livrar da segurança da fantasmagoria. Há meninas negras reais apalpadas em escadas e estupradas em telhados, que não têm voz e que não crescem para arrancar o pênis de homens negros a dentadas.

Quando o pequeno Freddy do palito de sorvete sujo dá à menina Eva seu canivete como presente de despedida, o que as crianças não conseguem dizer uma para a outra na ocasião permanece não dito ao longo do livro. A presença do não dito nos enche de questões, conforme a Eva adulta é arrastada do esfaqueamento ao casamento até o assassinato. Eva se submete por medo, esfaqueia por proteção, casa-se por segurança, mata por desejo ou amor? Esses encontros são só um pouco mais da violência aleatória que é oferecida às mulheres de maneira deprimente como alternativa aceitável para compreender o sofrimento humano e a opressão? Não sabemos, porque só temos os contornos provocativos desses encontros, evocando a velha matéria-prima feminina de sangue, desespero e loucura. Mais uma vez, os mitos gêmeos da mulher negra como vítima e abelha-rainha.

Essa falta de compreensão humana parece dizer às minhas irmãs violentadas que, se participarmos de nossa própria destruição, não vai doer tanto. Com essa distorção de acontecimentos apresentados no lugar da experiência – eventos sem sentimentos –, *Eva's Man* dá a entender que arrancar um pênis a dentadas possivelmente preencheria um vácuo terrível no coração ou outro vazio de ausência de amor.

Qualquer encontro possível entre mulheres é tratado sem calor, com triste desdém. Em sua visita ao Sul, Eva caminha pela floresta com Charlotte, a filha de uma velha amiga de sua mãe. Os gestos de Charlotte, na tentativa de alguma proximidade, são rapidamente rejeitados por uma Eva desconfiada, substituídos pela segurança da especulação de "fazer aquilo" com meninos. Mais tarde, na prisão, sua companheira de cela, Elvira, oferece um refúgio severamente persistente às fantasias sexuais de Eva com o homem que ela matou. "Eu faço isso para você." As palavras representam o nível de conexão entre as duas mulheres.

Incesto, abuso sexual e castração oral podem ser excitantes para fantasiar a respeito, assim como a vingança. Entretanto, são realidades terríveis sob a superfície da vida das mulheres e merecem ser tratadas com abordagens sérias. Acima de tudo, são assuntos que precisam ser desenvolvidos com honestidade emocional, que é o que falta aqui. Em *Eva's Man*, não encontramos análise, e sim uma falta de profundidade digna de desenhos animados.

Li *Eva's Man* no mesmo dia em que li um artigo nas últimas páginas do *New York Times* sobre três irmãs adolescentes, duas das quais já tinham tido filhos de seu pai biológico. As três meninas foram enviadas a lares adotivos, mas imploraram para serem devolvidas à casa dos pais. E assim foi feito, por ordem do tribunal.

Além desse pequeno pedaço de desamor feminino e desperdício humano, *Eva's Man* é um livrinho inumano, ainda que bem escrito.

PARTE 3
uma explosão de luz

UMA EXPLOSÃO DE LUZ
Vivendo com câncer

INTRODUÇÃO

O ano em que completei cinquenta anos pareceu um grande encontro para mim. Eu estava muito orgulhosa de ter completado meio século, no meu estilo. "É hora de mudar", pensei. "Eu me pergunto como viverei a próxima década."

Em primeiro de fevereiro, duas semanas antes do meu quinquagésimo aniversário, meu médico me disse que eu tinha câncer no fígado, metástases do câncer de mama por conta do qual passei por uma mastectomia seis anos antes.

A princípio, não acreditei. Dei continuidade à minha viagem para a Europa, previamente planejada. Quando comecei a me sentir cada vez mais enjoada em Berlim, recebi orientação médica sobre alternativas homeopáticas à cirurgia, que fortaleceram minha decisão de manter algum controle sobre minha vida pelo maior tempo possível. Acredito que essa decisão prolongou minha existência, assim como as energias amorosas das mulheres que me apoiaram nessa decisão e no trabalho que dá forma a essa vida.

Hoje, a luta contra o câncer orienta todos os meus dias, mas essa é só outra face da batalha contínua por autodeterminação e sobrevivência que as mulheres negras travam todos os dias, qua-

---

■ Publicado originalmente em *A Burst of Light: Essays by Audre Lorde* (New York: Firebrand Books, 1988).

se sempre com sucesso. Os trechos a seguir são parte dos diários que mantive durante os três anos em que convivi com o câncer.

NOVA YORK, 15 DE JANEIRO DE 1984

Acabo de voltar de uma estada de três dias em Washington D.C. Foi uma leitura extraordinária. Passei a segunda noite com as Sapphire Saphos, e foi como o tempo em *2001: Uma odisseia no espaço* – o passado sonhando com o futuro, que desabrocha real e aprazível no presente, agora. Durante nossa noite juntas, senti o amor e a admiração de outras mulheres negras como jamais havia sentido – uma rede tecida entre nós com base nos objetivos propostos por minha obra.

As Sapphire Saphos, um grupo de lésbicas de cor, me convidaram para um jantar especial durante sua reunião mensal. Aconteceu no Clubhouse, um agradável edifício de madeira, instalado nos fundos de um terreno baldio.

Entrar lá depois de caminhar no inverno chuvoso da capital fez com que eu me sentisse aconchegada num abraço. A lareira crepitante, a sala de madeira com luzes baixas repleta de belas mulheres negras e de pele marrom, a mesa posta com comidas deliciosas, obviamente feitas com amor. Havia torta de batata-doce, arroz e feijão-vermelho, guando com arroz, feijão e pimentões, espaguete com almôndegas suíças, bacalhau e *ackee*, talharim de espinafre com molho de ostra, salada com cinco tipos de feijão, salada de peixe e outras diferentes combinações.

Em bandejas e travessas alegremente decoradas, uma profusão de pratos preparados com cuidado nos aguardava orgulhosamente: peixe cozido e frito e também em patê, pão de milho e couve-galega suculenta, vegetais refogados com gengibre e cogumelos, surpreendente e deliciosamente sensual. Uma variedade de pães: roti, de amêndoas, jamaicano de casca dura e doces, broas e biscoitos de massa fermentada. E o golpe final!

Uma poncheira de cristal com groselha-preta e água com gás batizada com um toque de rum, as frutas frescas boiando sedutoramente na superfície.

Toda a cena refletia uma plenitude onírica de mulheres compartilhando cores, comida, calor e luz – *Zami* veio à tona. Isso me encheu de prazer, o fato de tal situação ter acontecido em uma noite congelante de terça-feira em Washington D.C., e eu disse isso. Majote, do Haiti, parecia muito com Ginger, e dançamos a noite toda.

NOVA YORK, 19 DE JANEIRO DE 1984

Assisti ao documentário *King* na televisão ontem à noite, e isso resgatou vividamente os dias de 1968 – a esperança, a dor, a fúria, o horror se aproximando da possibilidade de mudança, apenas um mês depois de eu ter deixado meus alunos poetas negros e de meu primeiro encontro com Frances, na faculdade de Tougaloo, no Mississippi. Aquela noite no Carnegie Hall, quando o coral de Tougaloo cantou com Duke Ellington. Uma promessa tão próspera, aqueles estudantes cantores com seus rostos negros belos e jovens, cheios de fé.

Eu estava lá para cobrir o concerto para o jornal *Clarion Star Ledger*, de Jackson, Mississippi. "What the world needs now is love", eles cantaram. Quase no meio da canção, o mestre de cerimônias interrompeu para informar que o dr. Martin Luther King tinha acabado de levar um tiro. "What the world needs now is love", eles cantaram no palco, com as lágrimas escorrendo pelo rosto que refletia a luz, as lágrimas rolando pelo semblante do sr. Honeywell. "What the world needs now is love", eles cantaram com os braços ritmados, direcionando as vozes para o pranto. E o dr. King está morto, morto, morto.

Enquanto assistia a esse filme, também pensei no curso da minha vida, nos caminhos que senti delimitados interiormente, o estilo de vida que parece o mais real para mim. E imagino o que posso estar arriscando ao me tornar mais e mais comprometida em falar qualquer verdade que cruze meus olhos, minha língua, minha pena, do mundo como o vejo, as pessoas como as sinto – não importa quão difícil isso seja. Imagino ainda quanto terei de pagar um dia por esse privilégio e em qual moeda. As forças que servem a não vida em nome do poder e do lucro vão me matar também ou meramente me desmembrar aos olhos de qualquer pessoa que possa usar o que eu faço?

Quando me vejo em meio ao brilho de um evento como o jantar das Sapphire Sapphos, com comida requintada e abundância de amor e de belas mulheres de pele escura, quando me vejo em momentos de doçura, quase sinto medo. Medo do calor e do amor, como se esse mesmo amor e esse mesmo calor pudessem me condenar. Sei que não é assim, mas é o que sinto. Como se, desde que eu permanecesse diferente do meu próprio tempo e do meu entorno, eu estivesse segura, embora terrivelmente sozinha. Mas agora que estou menos sozinha e mais amada, também estou me tornando mais visível e, portanto, mais vulnerável. Malcolm diz a Martin no documentário: "Amo você, Martin, e nós dois somos homens mortos".

NOVA YORK, 9 DE FEVEREIRO DE 1984

Então. Não há dúvidas sobre o lugar em que estamos na história do mundo. Custou apenas 32 mil dólares um estudo financiado pelo governo que pretende mostrar que não existe fome desenfreada nos Estados Unidos. Eu me pergunto se eles sabem que *desenfreada* significa *agressiva*.

Então. A idosa faminta que costumava ficar sentada diante de casas velhas ocupadas por diferentes inquilinos à espera do cheque do serviço social agora dorme embaixo de bancos de parque e revira lixeiras em busca de comida. "Eu só como frutas", resmungou, vasculhando a lata de lixo atrás do supermercado Gristedes, enquanto suas mãos negras retorcidas removiam cuidadosamente as partes estragadas de um melão cantaloupe com uma faca de plástico do Burger King.

OHIO, 18 DE FEVEREIRO DE 1984

Qual é a *sensação*, sra. L., de ser uma mulher negra de cinquenta anos que ainda sangra! Saúde à passagem dos anos! Fazendo aquilo que eu mais gosto de fazer.

Ontem à noite dei uma palestra para universitários negros em que falei sobre nos vermos como parte de uma comunidade internacional de pessoas de cor, como devemos nos treinar para questionar o que a nossa negritude – a nossa africanidade – pode significar em nível mundial. E, como membros de uma comunidade internacional, devemos assumir a responsabilidade por nossas ações, ou pela falta delas, como americanos. Do contrário, não importa quão relativo possa ser esse poder, nós o estaremos cedendo para a oposição, que o usará contra nós e contra as forças de libertação em todo o mundo. Por exemplo, como mulheres negras educadas, quais são nossas responsabilidades em relação à luta pela terra de outras pessoas de cor, aqui e em outros países?

Quero escrever tudo o que sei sobre ter medo, mas provavelmente não haveria tempo para escrever mais nada. Temeroso é um país que nos faz tirar passaporte ao nascer e espera que nunca busquemos cidadania em outra nação. O rosto do medo muda constantemente, e posso contar com essa mudança. Preciso viajar rápido e ligeiro e terei de deixar muita bagagem para trás. Jettison Cargo.[1]

1\ Manobra náutica de lançar a carga de um navio ao mar para estabilizá-lo em condições adversas. [N. T.]

NOVA YORK, 19 DE FEVEREIRO DE 1984

Na noite passada, na casa de Blanche e Clare, houve uma celebração pelos meus primeiros cinquenta anos. Liz Maybank telefonou – que presente maravilhoso ouvir a voz dela depois de todos os anos em que me ajudou a cuidar dos meus filhos. Sobrevivência da mulher negra nível básico. Tive muitas professoras. Para sempre é um tempo muito longo sobre o qual pensar. Entretanto, o futuro tem sido real para mim. Ainda é. Há chances de que eu não tenha câncer de fígado. Não importa o que eles digam. Há chances. Isso é bom. Isso é ruim. De qualquer maneira, sou uma refém. Então o que há de novo?

Aprender a lidar com a tristeza e a fúria. E a curiosidade.

**A CAMINHO DE ST. CROIX, ILHAS VIRGENS,
18 DE MARÇO DE 1984**

Não escrevi nada sobre a intensidade com que tenho vivido as últimas semanas. O hepatologista tentou me assustar e me convencer a fazer uma biópsia de fígado imediata sem nem ouvir minhas objeções e dúvidas. Ver o crescimento no meu fígado na tomografia computadorizada, encarar a morte, novamente. Não outra vez, apenas agravada. Essa massa no fígado não é um tumor primário, então, se for maligno, é mais provável que seja uma metástase do câncer na mama. Incurável. Pode ser contido, não curado. É um pesadelo muito ruim, e sou a única capaz de me fazer acordar. Antes de viajar, tive uma conversa com Peter, o cirurgião que operou minhas mamas. Ele disse que, se for câncer de fígado, com o tratamento-padrão – cirurgia, radioterapia, quimioterapia –, a previsão é de quatro a cinco anos, no máximo. Sem tratamento, segundo ele, talvez três ou quatro.

Em outras palavras, a medicina ocidental não tem um histórico muito impressionante com câncer metastático no fígado.

Diante desses fatos, e de tudo o que tenho lido nas últimas semanas (agradeço à deusa pela seção médica da Barnes & Noble), decidi não fazer uma biópsia no fígado. Parece a única decisão razoável que posso tomar. Estou assintomática, exceto pela vesícula biliar ruim. E posso tratá-la. Existem muitas coisas que estou determinada a fazer e que ainda não fiz. Terminar o poema "Outlines". Ver o que há de tão impressionante na Europa. Dar vida à história de Deotha Chamber.

Se eu fizer essa biópsia e o tumor for maligno, então todo um novo curso de ação será estabelecido simplesmente pela intromissão deles na região da suspeita. Além disso, se for maligno, quero ter o máximo de bons momentos possíveis, e os tratamentos não vão fazer grande diferença no que diz respeito a ganho de tempo. No entanto, farão enorme diferença na minha condição de saúde geral e na maneira como vivo o dia a dia.

Se for benigno, acredito que a intervenção cirúrgica no tecido adiposo de qualquer tipo possa dar início a um processo de metástase naquele que, do contrário, poderia permanecer benigno por muito tempo. Já passei por isso antes.

Decidi que esse é um risco que preciso correr. Se esse tumor fosse novamente nas mamas, operaria outra vez, porque o órgão é removido. No entanto, com a relação entre estrogênio, células adiposas e malignidade sobre a qual andei lendo, cortar para chegar ao fígado me parece ser arriscado demais para tão pouco retorno em termos de tempo. E ele pode ser benigno, alguma piada aberrante entre meu fígado e o universo.

Durante 22 horas da maioria dos dias, não acredito que tenho câncer no fígado. Na maioria dos dias. As duas horas que restam são puro inferno, e há tanto trabalho a fazer na minha cabeça nesse período, em meio a todo o terror e às incertezas.

Quem me dera eu conhecesse um médico em quem confiasse para falar sobre tudo isso com ele. Estou tomando a melhor decisão? Sei que preciso ouvir meu corpo. Se aprendi alguma coisa com todo o trabalho que tive desde a mastectomia, é que preciso ouvir com entusiasmo as mensagens que o corpo envia. Mas às vezes elas são contraditórias.

Querida deusa! Revele-se novamente diante da renovação dos votos. Não me deixe morrer uma covarde, mãe. Nem me esquecer de como cantar. Nem me esquecer de que a canção é parte do luto, assim como a luz é parte do sol.

A CAMINHO DE NOVA YORK, 22 DE MARÇO DE 1984

Foi uma boa viagem. Bons contatos com as Sojourners Sisters e outras mulheres em St. Croix. E finalmente consegui me ensinar a relaxar na água, nadando sob o sol na piscina de Gloria ao som de Donna Summer, vibrando pelas águas brilhantes, "State of Independence" e o coqueiro cantando acompanhado dos gentis ventos alísios.

Houve uma leitura de poesia em uma biblioteca, com poetas de idades e habilidades muito variadas, mas com uma plateia muito participativa. Relembrei como a poesia pode ser importante na vida de uma comunidade negra comum quando essa produção é realmente a poesia da vida das pessoas que a formam.

Suspeito que devo me concentrar no quanto é doloroso pensar na morte o tempo todo.

[Na primavera de 1984, passei três meses em Berlim ministrando um curso sobre poetas negras americanas e uma oficina de poesia em inglês para estudantes alemãs. Um dos meus objetivos ao realizar essa viagem era conhecer mulheres negras alemãs, pois tinha ouvido que havia poucas em Berlim, mas não consegui obter muitas informações sobre elas em Nova York.]

BERLIM, ALEMANHA OCIDENTAL, 23 DE MAIO DE 1984

Quem são elas, as mulheres alemãs da diáspora? Onde se intersecionam nossos caminhos enquanto mulheres de cor[2] – além dos detalhes de nossas opressões particulares, embora certamente não seja fora dos parâmetros desses detalhes? E onde nossos caminhos divergem? Mais importante, o que podemos aprender com nossas diferenças relacionadas que será útil para ambas, afro-alemã e afro-americana?

Afro-alemã. As mulheres disseram que nunca ouviram esse termo ser usado antes.

Perguntei a uma das estudantes negras como ela pensava sobre si mesma enquanto crescia. "A melhor coisa de que nos chamavam era 'bebês da guerra'", ela contou. A existência da maioria das alemãs negras, contudo, nada tem a ver com a Segunda Guerra Mundial; de fato, é muitas décadas anterior a isso. Na minha aula, há mulheres negras alemãs que mapeiam sua herança afro-alemã até os anos 1890.

Para mim, afro-alemã significa o rosto reluzente de Katharina e May numa conversa animada sobre a terra natal de seus pais, as comparações, alegrias, decepções. Significa o meu prazer de ver outra mulher negra entrar na minha sala de aula, sua reticência cedendo lentamente enquanto ela explora uma nova autoconsciência, ganha novas maneiras de pensar sobre si mesma em relação a outras mulheres negras.

"Nunca pensei em afro-alemã como um conceito positivo antes", ela disse, expressando a dor de ter que viver uma diferença inominável, manifestando o poder crescente de autoinvestigação que era forjado por essa diferença.

Estou animada com essas mulheres, com seu senso de identidade desabrochando conforme elas começam a dizer, de um jeito ou de outro: "Deixem-nos ser nós mesmas agora que nos

2\ Ver nota 5, p. 21.

definimos. Não somos fruto da sua imaginação ou uma resposta exótica aos seus desejos. Não somos um acessório para o seu desejo". Posso vê-las como uma força crescente pelas mudanças internacionais, ao lado de outras afro-europeias, afro-asiáticas, afro-americanas.

Somos esse povo hifenizado da diáspora cujas identidades autodefinidas não são mais segredo vergonhoso em nossos países de origem; em vez disso, são declarações de força e de solidariedade. Somos uma frente cada vez mais unida sobre a qual o mundo ainda não ouviu falar.

BERLIM, 1º DE JUNHO DE 1984

Minhas aulas são excitantes e exaustivas. Mulheres negras ouvem a respeito delas, e o número de alunas está aumentando.

Não consigo comer alimentos cozidos e estou ficando enjoada. Meu fígado está tão inchado que posso senti-lo sob as costelas. Perdi quase 23 quilos. É uma mudança, me preocupar com a perda de peso. Minha amiga Dagmar, que leciona aqui, me deu o nome de uma homeopata especializada em câncer, e marquei uma consulta para vê-la quando voltar da feira do livro feminista em Londres na próxima semana. É uma médica antroposófica, que acredita na cirurgia apenas como último recurso.

Apesar de tudo isso, tenho feito um bom trabalho aqui. Sem dúvida, estou gostando da vida em Berlim, doente ou não. A cidade é muito diferente do que eu esperava. É animada e bonita, mas seu passado nunca está muito distante. Pelo menos não para mim. O silêncio em relação aos judeus é ensurdecedor, dá calafrios. Existe apenas um memorial na cidade inteira, dedicado à Resistência. Na entrada, há uma urna cinza enorme com a inscrição: "Esta urna contém a terra dos campos de concentração alemães". É uma evasão de responsabilidade eufemística e um convite à amnésia para as crianças; não surpreende que minhas alunas ajam como se o nazismo fosse um sonho ruim que não deve ser lembrado.

Acontecem muitas conexões entre as mulheres aqui, coletivos, empreendimentos profissionais e iniciativas políticas, além de uma cena cultural muito ativa. Posso estar magra demais, mas ainda consigo dançar!

BERLIM, 7 DE JUNHO DE 1984

A dra. Rosenberg concorda com a minha decisão de não fazer biópsia, mas disse que devo agir rapidamente para fortalecer as defesas do meu organismo. Ela recomendou injeções de Iscador três vezes por semana.

Iscador é um fitoterápico feito de visgo que fortalece o sistema imunológico e atua contra o crescimento de células malignas. Comecei a tomar as injeções, junto de duas outras ervas que estimulam as funções hepáticas. Me sinto menos fraca.

Tenho escutado o que o medo me ensina. Nunca irei embora de vez. Sou uma cicatriz, um relato das linhas de frente, um talismã, uma ressurreição. Uma verruga grosseira no queixo da complacência. "O que deixa você tão triste assim?", uma aluna perguntou na aula. "Você não é judia!"

E daí que estou com medo? De sair de casa para um novo dia? De morrer? De desencadear a maldita amargura em que o ódio nada como um girino esperando para crescer nos braços da guerra? E o que aquela guerra ensina quando fugitivos feridos pulam um muro instransponível em que as gloriosas castanheiras e papoulas alaranjadas escondem fios de detecção que acionam o disparo de balas mortíferas?

Meus poemas estão ensanguentados estes dias porque o futuro é sangrento. Quando o sangue de crianças de quatro anos escorre sem alarde pelos becos de Soweto, como posso fingir que a doçura é qualquer coisa além de uma armadura e munição em uma guerra em andamento?

Estou preservando minha vida ao usá-la a serviço do que precisa ser feito. Hoje à noite, enquanto ouvia os palestrantes sul-africanos do Congresso Nacional Africano no Centro de Pessoas do Terceiro Mundo, fui preenchida por uma necessidade de respostas próprias, de comprometimento como uma arma de sobrevivência. Nossas batalhas são inseparáveis. Cada pessoa que eu já fui deve estar alistada ativamente em cada uma dessas batalhas, assim como naquela para salvar minha vida.

BERLIM, 9 DE JUNHO DE 1984

Na leitura de poesia em Zurique neste fim de semana, achei muito mais fácil debater o racismo do que falar do *The Cancer Journals* [Os diários do câncer]. As indústrias químicas situadas entre Zurique e Basileia provocaram um aumento evidente nos casos de câncer de mama na região, e as mulheres queriam discutir isso. Em minha fala, fui o mais honesta possível, mas foi realmente difícil. As perguntas delas presumem uma clareza que não tenho mais.

Foi ótimo ter Gloria ali para me ajudar a dar conta de todas aquelas perguntas sobre racismo. Pela primeira vez na europa, senti que não estava sozinha, mas minhas respostas eram dadas como parte de um grupo de mulheres negras – e não apenas como Audre Lorde!

Estou cultivando cada iota[3] das minhas energias para uma batalha com a possibilidade de um câncer de fígado. Ao mesmo tempo, descubro quanto algumas partes de mim são furiosas e resistentes e quanto estão aterrorizadas.

3\ Iota (Y) é um prefixo do sistema internacional de medidas usado para indicar 10^{24}. [N. T.]

Nestes lugares mais solitários, examino cada decisão que tomo sob a luz do que aprendi a meu respeito e daquela autodestrutividade implantada em mim pelo racismo, pelo machismo e pelas circunstâncias de vida como mulher negra.

Mãe, por que estamos armadas para a luta
com espadas de nuvens com guirlandas e dardos de pó?

A sobrevivência não é uma teoria que opera no vácuo. É uma questão de vida cotidiana e de tomada de decisões.

Como mantenho a fé no sol em um lugar nublado? É tão difícil não reagir a esse desespero com uma recusa a ver. No entanto, preciso permanecer aberta, filtrando o que vier para mim, independentemente do que seja, porque isso é o que me arma do modo muito particular às mulheres negras. Quando estou aberta, também estou menos desesperada. Quanto mais eu for capaz de ver com clareza contra o que estou lutando, mais forte me sentirei para lutar contra esse processo em curso no meu corpo, que eles chamam de câncer no fígado. Estou determinada a combatê-lo, ainda que não tenha muita certeza das condições da batalha nem da face da vitória. Só sei que não devo entregar meu corpo aos outros, a menos que concorde com o que eles pensam que deva ser feito com ele. Preciso olhar todas as opções com cuidado, mesmo as que considere degradantes. Sei que posso ampliar a definição de vencer até o ponto em que não tenho como perder.

BERLIM, 10 DE JUNHO DE 1984

A dra. Rosenberg é honesta, direta e muito desencorajadora. Eu não saberia o que fazer sem Dagmar para traduzir suas declarações lúgubres. Ela também acha que é câncer no fígado, mas respeita minha decisão de não passar por uma cirurgia. Eu não deveria deixar minha indisposição de aceitar esse diagnóstico interferir em minha busca por ajuda. Seja o que for, parece estar funcionando.

Todos nós temos de morrer pelo menos uma vez. Tornar essa morte útil seria uma vitória para mim. Eu não deveria existir de qualquer jeito, de nenhuma forma significativa neste mundo louco de homens brancos. Quero viver desesperadamente e estou pronta para lutar por esta vida mesmo que morra em breve. Escrever estas palavras já ilumina o que quero fazer com a claridade de neon. Esta viagem pela europa e as mulheres afro-alemãs, o coletivo Sister Outsider na Holanda, a grande ideia de Gloria de começar uma organização que pode ser uma conexão entre nós e as sul-africanas. Pela primeira vez, realmente sinto que minha escrita tem uma substância e uma estatura que sobreviverão a mim.

Tenho feito um bom trabalho. Vejo isso nas cartas que recebo por causa de *Irmã outsider*, vejo isso no uso que as mulheres têm dado tanto à minha poesia como à prosa. Mas, antes de tudo, e em última instância, sou poeta. Trabalhei muito duro para alcançar essa forma de viver dentro de mim, e tudo o que faço – espero – reflete esse ponto de vista sobre a vida, até mesmo os caminhos que devo trilhar agora com o intuito de salvar minha vida.

Fiz um bom trabalho. Preciso fazer ainda muito mais. E sentar aqui esta noite, neste parque adorável de Berlim, com o crepúsculo se aproximando, salgueiros nas trilhas se inclinam sobre a borda do lago acariciando os dedos uns dos outros, pássaros, pássaros, pássaros cantam ao redor dos sapos, e o cheiro da grama recém-cortada envolve minha caneta triste. Sinto que ainda tenho energia e determinação para fazer tudo isso, quaisquer que sejam as condições com as quais estou lidando, sejam as melhores ou não. Energia e determinação para mastigar o mundo e cuspi-lo em pedaços do tamanho das dentadas, aproveitáveis, e mornos, e úmidos, porque acabaram de sair da minha boca.

BERLIM, 17 DE JUNHO DE 1984

Eu me sinto mais parecida com uma Audre que reconheço, agradeço a deusa pela dra. Rosenberg e por Dagmar, que me apresentou a ela.

Andei lendo *Em busca de Christa T.*, de Christa Wolf, e achei muito difícil. Inicialmente não consegui engrenar, porque era doloroso demais ler sobre uma mulher morrendo. Dagmar e várias outras mulheres aqui em Berlim dizem que a autora e eu deveríamos nos conhecer. Contudo, agora que terminei o livro, não sei se quero conhecer a mulher que o escreveu. Na obra, há muita dor que está longe de ser sentida de uma forma que reconheço ou possa usar, e isso me deixa muito desconfortável. Estou sem palavras.

Mas uma parte do livro realmente me tocou. No capítulo 5, ela fala do ímpeto equivocado de rir da crença no paraíso, em milagres, experimentada quando se é mais jovem. Cada uma de nós que sobrevive, ela diz, pelo menos uma vez na vida, em algum momento crucial e inescapável, precisa acreditar no impossível. É claro, ocorreu-me perguntar a mim mesma se é isso o que estou fazendo agora, acreditando no impossível ao recusar uma biópsia.

É reconfortante encontrar uma médica que concorda com a minha visão dos riscos envolvidos. E certamente não rejeita o tratamento sem danos colaterais, por isso estou tomando as injeções, ainda que odeie tomar injeções. Esse, porém, é um preço baixo diante da possibilidade do câncer.

BERLIM, 20 DE JUNHO DE 1984

Fui para Londres não porque amo feiras de livro, e sim porque a ideia de uma Primeira Feira Internacional de Livros Feministas me animava, e, em especial, queria fazer contato com as feministas negras da Inglaterra. Bem, os fatos são: a Primeira Feira Internacional de Livros Feministas foi uma monstruosidade de racismo, e esse racismo encobria e distorcia o que era bom, criativo e visionário nessa feira. A defensiva das organizadoras brancas a qualquer pergunta sobre onde estavam as mulheres negras está enraizada na cansativa culpa branca, inútil para eles e para nós. Eu me lembrei daqueles velhos embates de péssimo gosto dos anos 1970 nos Estados Unidos: uma mulher negra afirmava que, se desejavam ser verdadeiras feministas, as mulheres brancas teriam de analisar e mudar algumas de suas ações em relação às mulheres de cor. E essa discussão imediatamente seria percebida como um ataque à sua verdadeira essência. Tanto desperdício, tão destrutivo.

Acho que as organizadoras da feira do livro realmente acreditavam que, por terem convidado mulheres negras estrangeiras, seriam absolvidas de qualquer falha ao ignorar a participação das mulheres negras locais. No entanto, deveríamos ser capazes de aprender com nossos erros. Elas objetificaram totalmente *todas* as mulheres negras ao não lidar com aquelas da comunidade londrina. Se existe algo que poderia ser aprendido com toda essa experiência, é que a *próxima* Feira Internacional de Livros Feministas não deveria repetir esses erros. E deveria haver outra. Contudo, não se vai *daqui* para *lá* ignorando a lama entre as duas posições. Se o movimento de mulheres brancas não aprender com seus equívocos, como qualquer outro movimento, vai acabar morrendo. Quando me levantei para a minha primeira leitura em uma sala lotada sem nenhum rosto de mulher negra, depois de ter recebido cartas e cartas de negras britânicas me perguntando quando eu viria para a Inglaterra, foi a gota d'água. Eu sabia imediatamente o que estava acontecendo, e o resto é história.

É claro, fui acusada de "agredir" as organizadoras simplesmente por perguntar por que as mulheres negras estavam ausentes. E se meus gritos e "pulos para cima e para baixo" pareciam feios e fizeram mulheres brancas chorar e dizer todo tipo de bobagem ofensiva a meu respeito, sei que isso também reforça outra percepção que mulheres negras têm do racismo dentro do movimento feminista e contribui para a solidariedade posterior entre as negras de diferentes comunidades.

O feminismo precisa avançar mais em termos de mudança social se pretende sobreviver como um movimento em qualquer país. Pouco importa se os problemas essenciais para o povo daquele país também devem ser os problemas essenciais abordados pelas mulheres, nós não existimos no vácuo. Estamos ancoradas em nosso tempo e lugar e somos parte das comunidades que interagem. Fingir outra coisa diferente disso é ridículo. Enquanto nos fortificamos com visões do futuro, devemos nos armar com percepções acuradas das barreiras que estão entre nós e esse futuro.

BERLIM, 21 DE JUNHO DE 1984

Em vez de despender energias em tentativas vãs de se conectarem com mulheres que se recusam a lidar com a própria história e com a nossa, mulheres negras precisam escolher as áreas em que essa energia pode ser mais efetiva. Quem somos nós? De quais maneiras não vemos umas às outras? Em vez de gritarmos nos portões das mulheres brancas, precisamos olhar para as nossas necessidades e priorizar satisfazê-las em favor de nossas tarefas conjuntas. Como fazemos acordos em meio às diferenças de comunidade, tempo, local e história? Em outras palavras, como aprendemos a amar umas às outras enquanto batalhamos em tantos *fronts*? Espero por uma Conferência Internacional de Feministas em Berlim que levante algumas dessas questões de definição para mulheres de Amsterdã, Melbourne, do Pacífico Sul, de Kentucky, Nova York e Londres, todas que se consideram feministas negras e todas cujas forças são diferentes.

Parafraseando June Jordan, somos as mulheres que queremos nos tornar.

NOVA YORK, 1º DE AGOSTO DE 1984

Os santos sejam louvados! A nova tomografia não mostrou alterações. O tumor não cresceu, o que significa que as doses de Iscador estão funcionando ou que o tumor não é maligno! Me sinto aliviada, inocentada e esperançosa. A dor no abdômen desapareceu, desde que eu não coma muito e dê preferência a frutas e vegetais. É suportável. Sinto como se fosse uma segunda chance, de verdade! Estou arrumando um escritório novo, no andar de cima, no antigo quarto de Jonathan. Será um ano bom.

NOVA YORK, 10 DE OUTUBRO DE 1984

Tenho pensado novamente no período na Alemanha, desassoberbada das sombras artificiais do terror e da preocupação comigo. Não quero que meus problemas de saúde obscureçam a revelação das diferenças que encontrei. As mulheres afro-europeias. O que aprendi a respeito das diferenças quando se ensina sobre poesia e sentimentos numa língua que não é a língua materna das pessoas que estão aprendendo, ainda que elas falem aquele idioma fluentemente. (É claro, todos os poetas aprendem sobre sentimentos em sua língua nativa quando crianças, e as estruturas psicossociais e as tendências emocionais dessa linguagem se tornam parte de como pensamos os sentimentos pelo resto da vida.) Nunca me esquecerei do impacto emocional da poesia de Raja e de como o que ela está fazendo com a língua alemã é tão próximo do que as poetas negras fazem em inglês. É outro exemplo de como nossa africanidade impacta a consciência do mundo de formas interseccionais.

Como uma mulher afro-americana, sinto a tragédia de ser uma pessoa oprimida e hifenizada na américa, sem ter uma terra que seja nossa professora primária. E isso nos distorce de muitas maneiras. Existe, contudo, esse papel vital que desempenhamos como povo negro na libertação da consciência de todos os povos que buscam a liberdade neste mundo, não importa o que digam a respeito de nós, negros americanos. Não importa quais sejam as diferenças que dificultem a comunicação entre nós e outros povos oprimidos, como afro-americanas devemos reconhecer que representamos para alguns uma nova síntese social que o mundo ainda não experimentou. Penso nas mulheres afro-holandesas, afro-alemãs, afro-francesas que conheci nesta primavera na europa e em como elas estão começando a reconhecer umas às outras e a se unir abertamente de acordo com suas identidades, e vejo que elas também estão esculpindo uma forma distinta na paisagem cultural de cada país onde se sentem em casa.

Tenho pensado nas questões de cor como cor, negro como um fato cromático, gradações e tudo o mais. Existe a realidade de definir o negro como um fato cultural e uma herança que emana da África – negros como significado de africanos e outros participantes da diáspora, de cor ou não.

Então existe uma realidade bem diferente que define negro como uma postura política, reconhecendo que a cor é o ponto de partida do fim do mundo, não importam quantas outras questões coexistam ao lado dela. De acordo com essa definição, negro se torna um código, uma identidade comunal para todas as pessoas de cor oprimidas. E essa posição reflete o empoderamento e o legado militante de nossa revolução negra nos anos 1960 ao redor do mundo, os efeitos que às vezes são mais óbvios em outros países do que nos Estados Unidos.

Vejo certos perigos em definir negro como uma postura política. Isso transforma a identidade cultural de um grupo muito disperso, mas definido, em uma identidade genérica para povos culturalmente diversos, tudo com base numa opressão compartilhada. Há o risco de se estabelecer um cobertor conveniente de aparente similaridade sob o qual nossas diferenças reais e rejeitadas podem ser distorcidas e desvirtuadas. Esse cobertor diminuiria nossas chances de formar coalizões de trabalho genuínas, construídas com base no reconhecimento e no uso criativo das diferenças reconhecidas, em vez de apoiadas nos fundamentos frágeis de uma falsa sensação de semelhança. Quando uma mulher javanesa holandesa diz que é negra, ela também volta para casa em outra realidade cultural, que é específica de seu povo e preciosa para ela – que é asiática e javanesa. Quando uma mulher afro-americana diz que é negra, ela está falando de sua realidade cultural, não importam as modificações causadas por fatores como tempo, lugar ou circunstâncias de afastamento. No entanto, até as mulheres maori da Nova Zelândia e as aborígenes da Austrália se dizem negras. Deve haver uma forma de lidarmos com isso, pelo menos no nível da linguagem. Por exemplo, aquelas entre nós para quem negro é nossa realidade cultural renunciam à palavra em favor de outra designação de diáspora africana, talvez simplesmente *africana*.

[A primeira metade de 1985 passou rápido: uma viagem a Cuba com um grupo de escritoras negras, uma turnê de leituras de poesia pelo Centro-Oeste, o ótimo escritório que montei no antigo quarto do meu filho, o início de uma nova coletânea de poemas, a formatura de minha filha na faculdade. Minha saúde geral parecia estável, ainda que delicada. Restringi a questão do câncer na minha consciência ao tratamento regular com Iscador, à dieta frugal e às energias reduzidas. Entre agosto e setembro, viajei durante seis semanas fazendo leituras de poesia pela Austrália e pela Nova Zelândia, a convite de grupos de mulheres de várias organizações comunitárias e universidades. Foi um período excitante e exaustivo, no qual os pensamentos a respeito do câncer eram constantes, mas não centrais.]

CAMBRIDGE, MASSACHUSETTS, 28 DE MAIO DE 1985

A formatura de minha filha Beth em Harvard nesse fim de semana foi um rito de passagem para nós duas. Essa instituição se leva muito a sério, e houve muita pompa e circunstância ao longo de três dias. Não pude evitar pensar em todas as formas racistas e machistas com que tentaram diminuir e destruir a essência de todas as jovens negras matriculadas ali durante os últimos quatro anos. Mas era um momento muito importante para Beth, o triunfo de ter sobrevivido a Harvard, que ela conseguiu terminar intacta e com um *self* com o qual pode continuar vivendo. É claro, o intuito de muito do que acontece em lugares como Harvard – que deveria ser o aprendizado – é realmente voltado para destruir esses jovens ou alterar sua substância para a de bonecos flexíveis e receptivos, que não representarão problemas para o sistema. Eu estava tão orgulhosa de Beth de pé nos jardins planejados da Adam House, usando a larga faixa branca da campanha por desinvestimento sobre a beca, mas também temia por ela. Lá fora, pode ser ainda mais difícil, embora agora ela saiba que no mínimo é capaz e que sobreviveu a Harvard. E com seu estilo intacto.

Fiquei constrangida porque tentava encontrar esconderijos para chorar, mas ainda assim foi uma ocasião emocionalmente gratificante. Sinto que ela vai caminhar por seu próprios pés agora, precisa me deixar para trás num sentido específico, e isso é, ao mesmo tempo, triste e reconfortante para mim. Estou convencida de que Beth tem o que é necessário – os recursos emocionais e psíquicos para fazer o que for preciso para se sustentar, e dei o melhor que tinha a oferecer. Lembro-me de ter escrito *"What my Child Learns of the Sea"* [O que minha filha aprende com o mar] quando ela tinha três meses, e é aterrorizante e maravilhoso ver tudo isso se tornar realidade. Agradeço à deusa por ainda estar aqui para ver isso.

Tremo por ela, por todos eles, por causa do mundo que estamos lhes entregando e de todo o trabalho que ainda precisa ser feito, e a pergunta dolorosa: haverá tempo suficiente? Mas também a celebro, mais uma dessas jovens negras excelentes, fortes, indo em direção à guerra, afrontosa e resiliente, bela e corajosa.

Estou orgulhosa dela e de vê-la chegar tão longe. Para mim, é um alívio saber que, o que quer que aconteça com minha saúde, não importa o quanto minha vida possa ser curta, ela está encaminhada no mundo, e ano que vem Jonathan estará saindo com sua identidade preservada também. Olho para meus filhos e eles fazem meu coração cantar. Frances e eu fizemos um bom trabalho.

MELBOURNE, AUSTRÁLIA, 10 DE AGOSTO DE 1985

Um grupo de escritoras australianas brancas me convidou para dar uma palestra sobre "A linguagem da diferença" na conferência de escritoras realizada em Melbourne como parte da comemoração dos 150 anos da fundação do estado de Victoria. Estes foram os meus comentários:

Aqui estou a convite de vocês, uma mulher afro-americana falando sobre a linguagem da diferença. Estamos juntas aqui por conta do aniversário de 150 anos do estado de Victoria, estado australiano construído apoiando-se no racismo, na destruição e em uma semelhança emprestada. Jamais deveríamos falar juntas, de modo algum. Lutei durante várias semanas para encontrar parte de vocês em mim, para ver o que poderíamos compartilhar e fizesse sentido para todas nós. Quando se torna mais semelhante, a linguagem fica mais perigosa, pois então as diferenças passam despercebidas. Como mulheres de boa-fé, só podemos nos familiarizar com a linguagem da diferença dentro de um compromisso de usá-la sem romantismo e sem culpa. Porque compartilhamos uma linguagem comum que não é nossa criação e não reflete nosso conhecimento mais profundo enquanto mulheres, nossas palavras frequentemente soam iguais. Mas é um erro acreditar que nos referimos às mesmas experiências, ao mesmo comprometimento, ao mesmo futuro, a menos que concordemos em examinar a história e as paixões específicas que repousam sob as palavras umas das outras.

Quando digo que sou negra, quero dizer que sou afrodescendente. Quando digo que sou uma mulher de cor, quero dizer que reconheço causas comuns com as irmãs americanas nativas, chicanas, latinas e asiáticas americanas da América do Norte. Também quero dizer que compartilho uma causa com as mulheres da Eritreia que passam a maior parte de seus dias buscando água para os filhos, assim como com as sul-africanas que perdem 50% de suas crianças antes que estas completem cinco anos. Compartilho igualmente uma causa com minhas irmãs negras da Austrália, as mulheres aborígenes desta terra que foram violentadas em sua história, seus filhos e sua cultura em nome de uma conquista genocida que nós nos reunimos hoje para reconhecer.

Observei profundamente meu interior para encontrar o que poderíamos compartilhar, e foi muito difícil, porque minha língua começou a pesar com o sangue das irmãs aborígenes derramado sobre estas terras. Pois a verdadeira linguagem ainda será falada neste lugar. Aqui essa linguagem deve ser falada pelas minhas irmãs aborígenes, as filhas daqueles povos indígenas da Austrália com quem cada uma de vocês compartilha um destino, mas cujas vozes e linguagens vocês nunca ouviram.

Há 150 anos, quando o estado de Victoria foi declarado uma realidade pelos colonizadores europeus, ainda havia 15 mil povos negros aborígenes originários nestas terras atualmente chamadas de Victoria. Onde vocês se sentam hoje, mulheres Wurundjeri costumavam sonhar, sorrir e cantar. Elas nutriam a terra, seringueiras e acácias, e eram alimentadas por elas. Não vejo as filhas delas sentadas entre vocês hoje. Onde estão essas mulheres?

O sangue da mãe delas chama por mim. As filhas delas surgem à noite nos meus sonhos no Hotel Windsor, que fica bem diante do Parlamento. Suas vozes são assombrosas, e corajosas, e tristes. Vocês as ouvem? Escutem com muito cuidado, com o coração aberto. Elas estão falando. Da boca delas sai o que vocês disseram que mais querem ouvir.

A história delas é a minha história. Enquanto imigrantes brancos colonos na Austrália alimentavam mulheres e crianças Wurundjeri com pão feito com farinha e arsênico, imigrantes brancos colonos na América do Norte vendiam meninas africanas de sete anos por 35 dólares cada. E esses mesmos colonos imigrantes brancos davam cobertores letais infectados com o vírus da varíola para os povos nativos da América do Norte, os indígenas.

Cada uma de vocês veio aqui hoje para entrar em contato com uma parte do próprio poder, por um propósito. Convido-as a abordar esse trabalho com um foco particular e urgência, pois uma quantidade terrível de sangue das mulheres Wurundjeri já foi derramado para que vocês pudessem se sentar e escrever aqui.

Não digo estas coisas para instigar uma orgia de culpa, e sim, em vez disso, para encorajar uma análise do que a escavação e o uso de uma verdadeira linguagem da diferença podem significar na vida de vocês. Vocês e eu podemos falar da linguagem da diferença, mas sempre será uma discussão segura, porque este não é o meu lugar. Eu vou embora. No entanto, esta é a linguagem das mulheres aborígenes negras deste país que vocês precisam aprender a ouvir e a sentir. E, conforme a escrita e a vida de vocês se interseccionam com essa linguagem, será possível decidir a que senhora sua arte servirá.

EAST LANSING, MICHIGAN, 24 DE OUTUBRO DE 1985

Amanhã é o segundo aniversário da invasão de Granada. A menor nação do hemisfério ocidental ocupada pela maior. Falei sobre isso para um grupo de mulheres negras aqui esta noite. É deprimente ver como poucos se lembram de nós, como poucos de nós parecem se importar.

A conferência "A escritora negra na diáspora" realizada aqui é problemática de várias formas, sobretudo pela situação estranha de Ellen Kuzwayo, que veio da África do Sul até aqui para dar a palestra principal, chegou e encontrou o calendário alterado. Entretanto, foi bom reencontrar Ellen. Senti muito ao saber que a irmã dela, que vive em Botsuana, teve de passar por outra mastectomia.

Tem sido muito excitante me reunir com escritoras africanas e caribenhas a quem sempre quis conhecer. Octavia Butler também está aqui, e Andrea Canaan, de Nova Orleans. Não a vejo há um ano, e o olhar dela ao me ver me deixou realmente irritada, mas também me fez pensar em quanto peso perdi no último ano e em como minha cor anda estranha desde que voltei da Austrália. Preciso ver a dr. C. e fazer um *check-up* quando chegar em casa.

EAST LANSING, 25 DE OUTUBRO DE 1985

Nesta noite, dei uma palestra breve sobre "Irmandade e sobrevivência" e o que isso significa para mim. E, antes de tudo, me identifiquei como uma poeta negra lésbica feminista, embora me sentisse insegura, o que provavelmente me motivou a fazer isso. Expliquei que me apresento dessa forma porque, se houver outra poeta negra lésbica feminista isolada em algum lugar ao alcance da minha voz, queria que ela soubesse que não está sozinha. Penso muito em Angelina Weld Grimké, poeta negra lésbica da Renascença do Harlem que nunca é identificada como tal, mesmo quando é mencionada, apesar de as obras recentes de Gloria Hull e Erlene Stetson terem dado atenção renovada a ela. No entanto, nunca ouvi seu nome quando estava na escola, e, mais tarde, ela foi citada rapidamente em uma lista de "outros" escritores da Renascença do Harlem.

Penso com frequência em Angelina Weld Grimké morrendo sozinha em seu apartamento em Nova York, em 1958, enquanto eu era uma jovem lésbica negra lutando, isolada, no Hunter College. Penso no que teria significado em termos de irmandade e de sobrevivência para nós se soubéssemos da existência uma da outra: eu teria as palavras e a sabedoria dela, e ela saberia o quanto eu precisava disso! É tão crucial sabermos que não estamos sozinhas. Tenho viajado muito nos últimos dois anos, já que meus filhos estão crescidos, e venho aprendendo uma quantidade imensa de coisas que não sabia como mulher negra americana. E, aonde quer que eu vá, tem sido muito animador ver mulheres de cor reivindicando nossas terras, nossas heranças, culturas e identidades – geralmente diante de enormes dificuldades.

Para mim, como escritora afro-americana, irmandade e sobrevivência significam que não é suficiente dizer que acredito na paz quando os filhos das minhas irmãs estão morrendo nas ruas de Soweto e da Nova Caledônia, no Pacífico Sul. Mais perto de casa, o que nós, mulheres negras, estamos dizendo aos nossos filhos, sobrinhos e estudantes enquanto, neste momento, eles estão sendo arrebanhados para as Forças Armadas em decorrência do desemprego e do desespero, a fim de um dia se tornarem corpos em batalhas para ocupar as terras de outras pessoas de cor?

Como é possível esquecer o rosto daqueles jovens soldados negros americanos, suas baionetas reluzentes em posição, vigiando uma cabana de madeira nas colinas de Granada? Qual é o nosso verdadeiro trabalho como mulheres negras escritoras da diáspora? Nossas responsabilidades com outras mulheres negras e seus filhos em todo este mundo que compartilhamos, lutando por nosso futuro em comum? E se nossos filhos um dia forem enviados para a Namíbia ou para o sudeste da África, Zimbábue ou Angola?

Onde está o nosso poder e como nos educamos para usá-lo a serviço daquilo em que acreditamos?

Conversar com mulheres negras do mundo inteiro me fez pensar muito no que significa ser indígena e em qual a minha relação, enquanto mulher negra na América do Norte, com as lutas dos povos indígenas nesta terra, com as mulheres indígenas e em como podemos traduzir a consciência em um novo nível de trabalho conjunto. Em outras palavras, como podemos usar as diferenças entre nós nas batalhas comuns por um futuro habitável?

Todos os nossos filhos são presas. Como os criamos para não serem predadores entre si? É por isso que não podemos ficar em silêncio, porque nosso silêncio será usado contra nós e se tornará testemunho nos lábios de nossos filhos.

NOVA YORK, 21 DE NOVEMBRO DE 1985

É como se a sentença tivesse sido dada. Aqui está a nova tomografia – outra massa crescendo no meu fígado, e a primeira se espalhando. Encontrei um médico antroposófico em Spring Valley que sugeriu que eu vá a Lukas Klinik, um hospital na Suíça onde está sendo conduzida a principal pesquisa com Iscador, no diagnóstico e tratamento de câncer.

Eu sabia que algo estava errado porque as dores haviam voltado e minha energia diminuíra. Dar aulas tem sido difícil, e, na maioria dos dias, sinto que continuo por absoluta força de vontade, o que pode ser muito libertador e sedutor, mas também muito perigoso. Limitado. Estou me exaurindo. Entretanto, faria exatamente o que estou fazendo, com ou sem câncer.

A. vai nos emprestar o dinheiro para ir à Suíça, e Frances vai me acompanhar. Acho que conseguiremos descobrir o que realmente há de errado comigo na Lukas Klinik, e, se eles disserem que essas massas no meu fígado são malignas, então aceitarei que tenho câncer no fígado. No mínimo, lá eles serão capazes de ajustar minha dosagem de Iscador ao máximo para intensificar os efeitos, porque esse é o caminho que escolhi seguir e não vou mudar. É óbvio, ainda não aceito esses tumores como câncer, embora saiba que possa ser apenas negação da minha parte, o que, com certeza, é um mecanismo para lidar com a doença. Devo considerar a negação como uma possibilidade em todo o meu planejamento, mas também sinto que não há absolutamente nada que eles possam fazer por mim no Sloane [*sic*] Kettering, a não ser me abrir e me costurar de volta com suas sentenças dentro de mim.

NOVA YORK, 7 DE DEZEMBRO DE 1985

Os raios X do meu estômago estão limpos, e os meus problemas gastrointestinais são todos circunstanciais. Agora que os médicos daqui decidiram que tenho câncer no fígado, insistem em interpretar todas as descobertas como se isso fosse a causa de tudo. Eles se recusam a procurar por qualquer outra razão para as irregularidades nos raios X e tratam minha resistência aos diagnósticos como uma afronta pessoal. Mas são meu corpo e minha vida, e a deusa sabe que estou pagando caro por tudo isso, tenho o direito de escolher.

A chama está muito frágil esses dias. Tudo o que consigo fazer é dar aulas no Hunter e rastejar para casa. Frances e eu partiremos para a Suíça assim que o ano letivo terminar, semana que vem. O Women's Poetry Center será inaugurado no Hunter College na véspera da viagem. Não importa o quanto eu me sinta doente, ainda estou em chamas pela necessidade de fazer algo por minha vida. Como poderei vivê-la, o resto de minha existência?

NOVA YORK, 9 DE DEZEMBRO DE 1985

Uma pergunta melhor é: como quero viver o resto da vida e o que farei para garantir que seja exatamente assim ou o mais próximo possível de como desejo que seja?

Quero viver o resto da minha vida, longa ou curta, com toda a doçura e decência de que for capaz, amando todas as pessoas que amo, fazendo o máximo que puder pelo trabalho que ainda tenho a fazer. Escreverei fogo até que ele saia pelas orelhas, olhos, narinas – todos os lugares. Até o meu último respiro. Vou embora como um maldito meteoro!

NOVA YORK, 13 DE DEZEMBRO DE 1985

Há algumas ocasiões na vida que são especiais demais para serem dissecadas, não apenas porque são tudo o que deveriam ser, mas porque também são a soma de fantasias inesperadas e satisfações profundas reunidas em um momento no tempo. Hoje, as estudantes do Women's Poetry Center Club do Hunter College e a *Returning Woman Newsletter* consagraram o Audre Lorde Women's Poetry Center. Entrar naquele *hall*, mesmo trinta minutos atrasada, foi o começo do tipo exato de noite em que nada que eu ou qualquer um fizesse diminuiria seu significado para mim. Seja lá o que aconteça comigo, houve um encontro no tempo e no espaço entre alguns dos meus melhores esforços, desejos e esperanças. Existe uma possibilidade tangível a ser desenvolvida, e jovens mulheres fortes comprometidas a fazer isso. O meu desejo é que possam visualizar o que esse centro pode ser na vida delas e na vida de uma comunidade da cultura feita por mulheres nesta cidade, a visão de uma poesia de mulheres viva, como uma força para a mudança social. Esta noite reuniu quatro dos meus maiores e mais duradouros interesses – poesia, belas mulheres, revolução e eu!

Não importa o que eu descubra na Suíça, não importa o que esteja acontecendo no meu corpo, esta é a minha obra. O reconhecimento dela, a força suave e o amor no rosto das presentes hoje à noite revelaram o quanto meu trabalho significou para essas mulheres, que estão se armando para caminhar por lugares com os quais apenas sonhei, dando os próprios passos como senhoras de si.

Hoje ouvi todas essas jovens poetas, sobretudo as mulheres de cor, lendo seus trabalhos, e foi maravilhoso saber que o verdadeiro poder das minhas palavras não são os pedaços de mim que habitam dentro delas, e sim a força vital – a energia, as aspirações e os desejos no âmago complexo de cada uma dessas mulheres – com que se sentiram tocadas para usar ou responder às minhas palavras. Gloria, Johnnetta e eu – três das mães fundadoras da Sisterhood in Support of Sisters in South Africa (SISSA) [Irmandade de apoio às irmãs na África do Sul], – dentro daquele espaço precioso em que nos sentamos juntas em minha complexa vida. As jovens poetas reluzentes como fogo ao sol, rostos coloridos, orgulhosos, determinados, amorosos. Beth e Yolanda, minha filha e uma antiga amiga, minhas palavras saíam dos lábios delas iluminadas, especialmente por quem elas são, tão diferentes uma da outra e de mim. A revelação de ouvir meu trabalho traduzido pela essência dessas mulheres que amo tanto. Frances, sorrindo como um girassol, verdadeiramente presente; minha irmã Helen parecendo satisfeita e parte de tudo aquilo; e Mabel Hampton, durona, estilosa e ainda firme, no auge dos seus 83 anos! O perfume generoso de Charlotte,[4] e me lembro da segurança em sua voz uma vez, dizendo: "Bem, nós fizemos o que tínhamos de fazer, e acho que mudamos o mundo!". Alexis e seus olhos brilhantes, a graça calorosa de Clare, e Blanchie,[5] resplandecente e atrevida em seu terno, orquestrando tudo com seu talento especial único, mestra de cerimônias de uma festa e tanto!

ARLESHEIM, SUÍÇA, 15 DE DEZEMBRO DE 1985

Então aqui estou na Lukas Klinik, enquanto meu corpo decide se vive ou morre. Lutarei com todas as minhas forças para conseguir viver, e essa parece a possibilidade mais promissora. Pelo menos é

---

4 \ Escravizada liberta que liderou uma revolta de trabalhadores em St. Croix em 1848.
5 \ As mulheres citadas são Alexis de Veaux, poeta e biógrafa; Clare Cross, dramaturga, psicoterapeuta e companheira de Blanche Cook, colega de Lorde no Hunter College e historiadora.

algo diferente de narcóticos e outros cuidados paliativos, que era tudo o que a dr. C. tinha para me oferecer em Nova York em vez de uma cirurgia, quando eu disse a ela quanta dor sentia no abdômen. "Quase tudo o que como atualmente me deixa enjoada", disse a ela. "Sim, eu sei", ela respondeu, lamentando, enquanto escrevia uma receita de codeína e olhava para mim como se não houvesse nada que pudesse fazer por mim além de se compadecer. Mesmo gostando muito dela, quis lhe dar um soco na boca.

Descobri algo interessante num livro sobre meditação ativa como forma de autocontrole. São seis passos:

1 Controle dos pensamentos
Pensar em um pequeno objeto (um clipe de papel, por exemplo) por cinco minutos. Praticar por um mês.

2 Controle das ações
Realizar alguma ação pequena todos os dias no mesmo horário. Praticar e ser paciente.

3 Controle dos sentimentos (equanimidade)
Tornar-se consciente dos sentimentos e introduzir a equanimidade ao experimentá-los – isto é, tenha medo, não entre em pânico. (Eles são bem enfáticos em relação a isso.)

4 Positividade (tolerância)
Abster-se de pensamentos críticos degradantes que enfraquecem a energia de seu bom trabalho.

5 Abertura (receptividade)
Compreender até mesmo aquilo que é desagradável sem restrições e de forma inofensiva.

6 Harmonia (perseverança)
Trabalhar com a intenção de equilibrar as outras cinco.

Como uma criatura viva, sou parte de dois tipos de força – crescimento e deterioração, brotar e murchar, viver e morrer –, e a qualquer momento da vida estamos ativamente localizadas em algum ponto desse *continuum* entre essas duas forças.

ARLESHEIM, 16 DE DEZEMBRO DE 1985

Trouxe alguns de meus livros comigo, e reler *The Cancer Journals* neste lugar é como escavar as palavras da terra, é como descobrir inesperadamente um cristal que esteve enterrado no fundo de uma mina por milhares de anos, à espera. Mesmo *Our Dead Behind Us* [Nossos mortos atrás de nós] – agora que foi para a gráfica – parece profético. Como sempre, a sensação é a de ter plantado algo que precisarei colher, sem consciência.

É por isso que o trabalho é tão importante. Seu poder não reside no eu que vive nas palavras tanto quanto no coração bombeando sangue atrás dos olhos de quem lê, a musculatura atrás do desejo aceso pela palavra – esperança como modo de vida que nos impulsiona, de olhos abertos e temerosa, disposta a todas as batalhas da vida. E algumas dessas batalhas não vencemos.

Há, contudo, outras que vencemos.

ARLESHEIM, 17 DE DEZEMBRO DE 1985

Quando me apresentei na Basileia, numa leitura em junho, nunca imaginei que estaria aqui outra vez, a seis quilômetros de distância, num hospital. Eu me lembro das mulheres na livraria naquela noite e de suas perguntas sobre taxas de sobrevivência a que não fui capaz de responder na ocasião. E certamente agora também não.

Mesmo no tristonho inverno suíço, as instalações da Lukas Klinik são muito bonitas. Os construtores dedicaram muita atenção aos diferentes tons do cenário invernal, então existe um jogo de luz e sombra que chega aos olhos pelas janelas dos quartos, visto até mesmo das camas. Meu quarto particular tem um tamanho bom, espaçoso para os padrões dos hospitais americanos. É um dos poucos quartos com banheiro privativo, e eles geralmente são destinados a pessoas muito ricas ou muito doentes. Acho que a administração não sabia muito bem em qual categoria eu me encaixava quando liguei de Nova York.

Mesmo quando está nublado, o quarto é claro, porque tudo nele é claro. Não é branco, exceto pelos lençóis, mas muito claro. Até a mobília de madeira clara de marcenaria é sólida, feita em uma das oficinas inclusivas, dirigidas em conjunto com a escola antroposófica para o desenvolvimento de pessoas com deficiência. As escolas Rudolph Steiner têm tido muito sucesso nessa área da educação especial.

Há uma serenidade profunda aqui, relaxante e, às vezes, desconfortável. A cama ajustável do hospital é coberta por um grosso edredom de penas, sob o qual foi colocada uma bolsa de água quente na noite em que cheguei. E seis botões de rosas vermelhas em um vaso de cristal. Do outro lado da mesinha de cabeceira, há uma cadeira de balanço, uma janela ampla e portas que se abrem para a varanda, que, nos três andares, se estende por toda a largura do edifício. Os níveis proporcionam bastante iluminação para cada andar. Há biombos opacos que garantem privacidade entre as portas que dão para a varanda e dali a um passeio comum a céu aberto.

Embaixo das varandas, há um jardim europeu muito bem cuidado, caminhos de pedra esculpida cortados de um lado serpenteando entre arbustos baixos e plantas pelo chão. No gramado limpo diante das varandas, há uma estátua de granito vermelho de uma pessoa vestida com um robe, e passei a pensar que se parece com Steiner, imponente e ríspido, um braço erguido em uma posição harmoniosa com a vogal "i", que em todas as linguagens é considerada a afirmação do eu em vida. Sobre um pequeno monte, a estátua cria uma silhueta contra as árvores verdes ou o céu nublado.

Aos pés da estátua, de um lado, há uma grande fonte oval também feita de granito vermelho, fluindo água constantemente com gorgolejar suave, um contraponto calmante a cada abertura da porta da varanda ou quando se caminha pelo terreno.

Uma bonita pintura em pastel do nascer do sol está pendurada em uma das paredes do quarto, executada de acordo com a teoria de cores e cura de Rudolf Steiner. É a única decoração no ambiente, cujas paredes são pintadas de amarelo-ovo e pêssego.

Os pacientes, em sua maioria, são alemães e suíços de meia-idade, duas mulheres francesas e eu. Usamos nossas próprias roupas. Há uma grande sala de estar que abriga uma biblioteca, uma capela, e, é claro, publicações de Steiner estão sempre disponíveis.

Todos que trabalham com os pacientes exalam os mesmos afetos: são calmos, prestativos, mas também totalmente dogmáticos. Equipe, pacientes e visitantes almoçam e jantam juntos em uma sala de jantar espaçosa e bem decorada com toalhas de mesa de verdade e guardanapos bordados personalizados. Sentamos em mesas que acomodam de seis a dez pessoas, cercados de signos do zodíaco e de planetas esculpidos em diversos tipos de pedras europeias, também feitas segundo a tradição artística de Steiner com linhas sólidas, imponentes.

As refeições são verdadeiros desafios para mim, uma vez que está difícil comer de qualquer maneira, e odeio fazer refeições com estranhos. O clima na sala de jantar é distinto, refinado e totalmente formal.

Faço uma aula de exercícios curativos com duração de uma hora e meia ministrada por uma indiana pequena chamada Dilnawaz, que cresceu nas escolas de Rudolf Steiner na Índia, estudou na Alemanha, fala inglês e alemão fluentes, além de sua língua materna.

Os exercícios são uma combinação de movimentos ritmados e respirações controladas, baseadas nos sons das vogais e consoantes. Conforme aprendo e pratico os movimentos estilizados, eles me lembram do tai chi e são como um complemento ao trabalho de visualização Simonton que tenho feito há um tempo. Depois dos exercícios, meu corpo se sente relaxado e bem, assim como minha mente.

Existe uma parte de mim que quer desconsiderar tudo aqui, exceto o Iscador, como relevante ou pelo menos inútil para mim, mesmo antes de experimentar, mas acho que é uma atitude muito pobre de espírito e contraproducente, e não quero fazer isso.

Não sem ao menos me entregar completamente primeiro, porque foi por isso que vim até aqui, e o que tenho a perder a esta altura? Dinalwaz destaca que o tratamento de qualquer doença, sobretudo do câncer, precisa ser direcionado para todas as partes, corpo e mente, e estou pronta para tentar qualquer coisa desde que não me venham com uma faca.

Dinalwaz é a pessoa mais amigável, humana e sincera que conheci aqui; também é a mais espiritualizada. É muito prestativa e gentil com todos, as pessoas reagem a ela com um respeito considerável, mas existe um ar de isolamento nela que me diz que não é entrosada com a equipe. Mora sozinha na cidade de Arlesheim, e sua irmã está vindo da Alemanha para passarem o Natal juntas.

Eu me pergunto como ela se sente sendo uma mulher de cor em meio a todos esses brancos suíços etnocêntricos. Ela é muito cuidadosa com o que diz, mas comenta que os europeus do Norte relutam em se entregar aos exercícios. Eu a considero um toque de cor numa cena extremamente sem graça.

Dilnawaz também parece aliviada de me ver. Acho que ela sabe que tenho respeito pelo aspecto espiritual da vida e pelo poder que ele exerce sobre nós. É algo a mais que os racionalistas daqui não têm, apesar de aderirem à antroposofia de Steiner. Parece que só conseguem lidar com a espiritualidade se ela vier com regras rígidas impostas de fora, isto é, Steiner com sua insistência na regra básica de um deus cristão. É limitante.

Faço aulas de pintura e de teoria das cores de acordo com Steiner. Depois disso, banho com óleos, alternados com massagem (também recomendação de Steiner), almoço, cataplasma quente de milefólio para o fígado e duas horas de repouso. Então estou livre até o jantar, a menos que tenha consultas médicas ou exames. E é nesse momento que Frances e eu conseguimos nos ver com privacidade por um tempo.

Agora há aproximadamente cinquenta pacientes aqui, cerca de quinze médicos, assim como médicos visitantes e estagiários de outros países. A franqueza com que todos parecem lidar com a ideia e a realidade da doença é bem diferente de qualquer coisa que vivenciei nos hospitais dos Estados Unidos, uma vez que todos os pacientes aqui têm câncer ou suspeitam ter. Na melhor das hipóteses, o efeito dessa franqueza é bastante calmante e reconfortante, ajuda na conscientização. Na pior, parece com *A montanha mágica* de Mann. Porque, ao mesmo tempo, ninguém acredita em falar de seus sentimentos, pois a expressão intensa deles é considerada prejudicial ou, no mínimo, estressante demais para ser benéfica.

No quarto particular ao lado do meu, está uma bela jovem suíça que não tem mais de vinte anos, com uma aliança de casamento de ouro, roupas muito caras e maquiagem demais. Ela parece terrivelmente deprimida o tempo todo. Ao que parece, vai à igreja na cidade toda manhã, porque a vejo passar pelos jardins cedo, usando um véu de igreja. Sua família dá a impressão de ser muito rica ou influente. Eles vieram visitá-la ontem, eu os vi na sala de jantar – mãe, pai e um jovem que poderia ser o irmão ou o marido. Com certeza pareciam ricos, e todos aqui demonstram muito respeito por eles. (A hierarquia social é fortemente observada aqui.) Para mim, qualquer pessoa tão jovem com câncer deve estar enfurecida e poderia ao menos ter o direito de falar de seus sentimentos com alguém. Mas isso não é considerado necessário ou positivo aqui.

Há uma professora idosa de Hamburgo que todos os dias no almoço usa um belo colar de rodonita esculpida. Tivemos uma conversa interessante sobre cristais e minerais, que são muito importantes na antroposofia. Ela fala inglês muito bem e tenta ser amigável. Segue a antroposofia há muitos anos, e esta é sua segunda passagem pela clínica.

A pergunta mais frequente dos pacientes e estagiários que falam inglês, formulada de formas diferentes, é: como uma americana – ainda por cima negra, embora essa característica seja apenas insinuada, porque todos aqui são de boa família e bem-educados demais para deixar claro que percebem isso, embora irmã Maria tenha me dito ontem que o irmão dela é missionário na África do Sul, então ela compreende por que gosto de comer vegetais crus – vem parar na Lukas Klinik, na Suíça? Americanos são conhecidos por serem bem provincianos.

Uma das principais regras aqui é não falar sobre nossas doenças na hora das refeições ou durante qualquer ocasião social, então todos são muito educados, banais e jogam conversa fora, porque é claro que estamos preocupados com nosso corpo e os processos que ocorrem dentro dele, do contrário não estaríamos aqui. Não sei o que faz os antroposofistas pensarem que essa falsa socialização é menos estressante do que a expressão dos verdadeiros sentimentos, mas acho isso terrivelmente exaustivo. Felizmente, em geral consigo me abrigar atrás da barreira da linguagem.

ARLESHEIM, 19 DE DEZEMBRO DE 1985

Eu me sento, me deito, faço pinturas, caminho, danço, choro em um hospital suíço na tentativa de descobrir o que meu corpo quer, à espera de que os médicos venham falar comigo. Durante toda a noite passada, meu estômago e meu fígado resmungaram. "Então é assim que se morre", pensei, a sensação do corpo quase transparente. Agora, sob a luz do sol, acho que alguém estava morrendo no quarto ao lado e senti sua tristeza atravessar as paredes e se juntar à minha. Quando o sol nasceu, me senti muito melhor, até que vi a cama sem os lençóis no corredor e a campainha do quarto ao lado enfim silenciou.

A vila de Arlesheim é realmente adorável e pitoresca. Frances e eu fazemos longas caminhadas pelo parque com as mãos dadas dentro dos bolsos dos casacos, encorajando uma à outra, nos perguntando sobre o futuro. Não tenho escrito cartas, poemas, diários, exceto por essas notas em que tento extrair sentido de tudo isso.

Sinto dor constantemente e tenho medo de que piore. Preciso afiar todas as armas disponíveis contra isso, mas sobretudo contra o medo, ou medo do medo, que é tão debilitante. E quero aprender como fazer isso enquanto ainda há tempo para aprender em algum estado anterior ao desespero. Desespero. Descuidada em meio ao desespero.

Não há mais tempo para ponderar a respeito de aflições insólitas.

ARLESHEIM, 20 DE DEZEMBRO DE 1985

Um coral masculino da vila entoou cânticos natalinos esta noite nas escadas do hospital, as vozes doces e pungentes ecoando pelos corredores, e chorei pelos Natais que vivi e estão no passado. Mas não posso me permitir acreditar que não haverá outros, então certamente acontecerão. Como este fim de ano é diferente de qualquer coisa que eu pudesse prever. Minha deusa! Quantos mais?

A presença de Frances aqui preenche essa época de forma essencial, apesar de tudo, e pelo menos podemos passear juntas pela vila durante as tardes, olhar as vitrines, caminhar pelas colinas aproveitando o campo ou os pequenos jardins de inverno bem cuidados. Eu me flexibilizo para apreciar a graciosidade desses lugares – europeia – de fato, antes que acabe também, e não tenha mais a chance de explorá-la e os possíveis significados que ela venha a ter para mim.

ARLESHEIM, 21 DE DEZEMBRO DE 1985

Durmo bem aqui quando consigo dormir. Ontem houve outro jantar comunitário medonho. Como é difícil para mim comer qualquer coisa agora, acho o requinte presunçoso, a mesmice irritante. É melhor agora que Frances começou a fazer suas refeições aqui comigo. Ao menos conseguimos conversar.

Entre a sopa e a salada tive de travar uma batalha com um policial australiano que provou que o racismo está vivo e saudável em Arlesheim, assim como estava no ônibus miserável de Melbourne, quando aquele australiano bêbado me abordou pensando que eu era *Koori* (aborígene).

O coral realmente me emocionou esta noite, suave, comedido e muito civilizado, desde que se aceitem seus modos de viver, seus termos e valores. As vozes doces, o aroma de pinheiro, os belos enfeites de velas com o verde e o vermelho sagrados em todas as entradas, a decoração natalina em todos os corredores, a animação persuasiva. As enfermeiras saem por aí e abrem um pouco todas as portas, para que todos possam ouvir a música. Luzes suaves brilham nas janelas durante o crepúsculo. Só não seja diferente. Nem sequer pense em ser diferente. Faz mal.

Hoje é o dia em que o sol retorna. O doce solstício. Mãe, me prepare para encarar o que estiver à minha frente. Permita que ao menos eu esteja à altura, se não estiver ao meu alcance mudar o jogo completamente. Gloria ligou na noite passada. Como ela disse: "Pegue o que puder usar e deixe o resto pra lá".

Outro coral está cantando agora nos corredores. Se eu tivesse força, me levantaria desta cama e sairia correndo pela noite estrelada congelante até desmoronar numa sucessão de respirações ofegantes e músculos tensos. No entanto, não consigo fazer isso, e Frances voltou para o hotel onde está hospedada, e meu coração dói com a estranheza. O som dessas vozes cantando melodias conhecidas numa língua estrangeira só me recorda da distância entre mim e os lugares que me são familiares.

Contudo, este é o único lugar que conheço no momento capaz de me oferecer qualquer esperança, que vai tratar a mim e ao meu fígado com seriedade.

ARLESHEIM, 22 DE DEZEMBRO DE 1985

Eu trouxe alguns dos meus cristais e fios de macramê. Coloquei as pedras no peitoril da janela do quarto, elas ficam bonitas sob a luz. Vou fazer um novo colar de cura para mim enquanto estiver aqui, com o pingente central de cornalina, que é especificamente contra a melancolia. Essa é a minha resposta à advertência dada por irmã Maria a respeito dos perigos do excesso de alegria!

As noites em que Frances retorna para o hotel são as mais difíceis. Passo meus dias entre as horrorosas refeições coletivas, os exercícios e a pintura, banhos e exames; corro ao hotel de Frances para uma conchinha rápida e volto para cá para uma compressa no fígado, para tomarem minha temperatura ou outra tarefa igualmente vital neste esquema indefinido que parece um pacto feito comigo mesma de fazer tudo o que eles acreditam ser o melhor, durante um período determinado – três semanas. Em outras palavras, dar à Lukas Klinik o meu melhor, porque é a única opção que tenho no momento, e amanhã os resultados de todos os meus exames do fígado e outros procedimentos diagnósticos ficam prontos. Não tenho pensado em como estarão os resultados porque não consigo mais gastar energia sentindo medo.

O que preciso combater com todas as forças aqui é o sentimento de que não vale a pena – de que é muita luta para pouco retorno, e sinto dor a porra do tempo todo. Algo está acontecendo dentro de mim e está interferindo na minha vida. Há um desespero persistente e pernicioso pairando sobre mim e parece fisiológico, mesmo quando meu humor normal é bem alegre. Não entendo isso, mas não quero tropeçar e cair nesse tipo de resignação. Não vou aceitar tranquilamente que alguém me diga que está acabando!

ARLESHEIM, 23 DE DEZEMBRO DE 1983, 10H30

Tenho câncer no fígado.

Dr. Lorenz acabou de vir me contar. O exame de cristalização e a ultrassonografia deram positivo. Os dois tumores no meu fígado são malignos. Ele disse que devo aumentar a dose no tratamento com Iscador e começar uma terapia anti-hormônio imediatamente, se eu decidir que esse é caminho que quero tomar. Bem. A última possibilidade de dúvida baseada na crença se foi. Eu disse que viria para a Lukas Klinik porque confiava nos médicos antroposóficos, e, se eles disseram que é maligno, devo aceitar o diagnóstico. Então aqui está, e toda a gritaria e negação não vão mudar isso. Imagino que ajude saber, enfim. Queria que Frances estivesse aqui.

Não posso mais me dar ao luxo de gastar mais tempo duvidando ou com raiva. A pergunta é: o que faço agora? Ouço meu corpo, é claro, mas a mensagem fica mais e mais fraca. Em duas semanas, volto para casa. Iscador ou quimioterapia, ou os dois?

Como vim parar neste lugar? Para que posso usá-lo?

ARLESHEIM, 24 DE DEZEMBRO DE 1985

Sinto-me aprisionada numa estrela solitária. Alguém está muito doente no quarto ao lado, e as vibrações são quase dolorosas demais para suportar. Entretanto, preciso parar de falar isso com tanta facilidade. Um dia algo será, de fato, doloroso demais para suportar e então terei de tomar uma atitude. Alguém simplesmente se cansa de viver? Não consigo imaginar agora como seria isso, porque estou cheia de furor pela vida – porque acredito que ela pode ser boa mesmo quando é dolorosa –, um furor porque minhas energias estão em desacordo com meus desejos.

ARLESHEIM, 25 DE DEZEMBRO DE 1985

Bom dia, Natal. Uma bolha suíça está me impedindo de falar com meus filhos e com a mulher que amo. A recepção não repassa minhas ligações. Ninguém aqui quer perfurar essa bolha frágil, delicada, que, segundo acreditam, é o melhor de todos os mundos possíveis. Tão assustadoramente insular. Eles não sabem que as coisas boas se tornam melhores quando as compartilhamos com os outros, dando, recebendo e mudando? A maioria das pessoas aqui parece sentir que essa rigidez é um caminho de boa-fé para a paz, e cada fibra do meu corpo se rebela contra isso.

ARLESHEIM, 26 DE DEZEMBRO DE 1985

Adrienne [Rich], Michelle [Cliff] e Gloria [Joseph] acabaram de me ligar da Califórnia. Me sinto tão isolada fisicamente das pessoas que amo. Preciso delas, do luto e da energia compartilhados.

Estou evitando me precipitar no pesadelo do câncer no fígado como uma realidade, como quem entra aos poucos num banho gelado. Estou tentando preparar minhas amigas para isso também, sem ter de lidar com mais fúria e luto vindos delas do que posso suportar. Há algo que compartilhamos, e esse apoio mútuo nos torna mais próximas e mais determinadas. Mas existe algo com que elas terão de lidar sozinhas, assim como há uma fúria e um luto que só consigo encontrar na minha privacidade. Frances tem sido muito firme e leal aqui. Às vezes, é mais difícil para ela, porque sua fonte de determinação não é desesperada como a que a sobrevivência alimenta dentro de mim.

Há muitas coisas de que é preciso tomar conhecimento. Penso que é crucial não apenas sofrer, mas registrar, em sua completude e nuance, algumas das qualidades cruas e bem digeridas do agora.

Na noite passada foi um Natal com lua cheia, e senti isso como um sinal de esperança. Fiquei parada na estrada que conduz ao hospital na noite de Natal e pensei nas pessoas que amo, nas mulheres que amo, em meus filhos, minha família, todos os rostos queridos diante dos meus olhos. A lua estava tão clara e brilhante, que pude senti-la sobre a minha pele através do casaco de pele de Helen.

Depois que fui para a cama, ela me chamou duas vezes. Da primeira vez não consegui romper o véu do sono, mas vi sua luz e a ouvi nos meus sonhos. Então, as 4h30 da manhã seus dedinhos me alcançaram sob as camadas das cortinas da janela; me levantei como se recebesse uma ordem e fui para a varanda saudá-la. A noite estava muito, muito calma; ela estava baixa, e clara, e reluzente. Fiquei na varanda, de robe, me banhando em sua luz forte e tranquila. Ergui meus braços e rezei por todos nós, rezei pedindo forças para todos que atravessarão comigo a tempestade que se aproxima. Minha mãe Lua me acordou, me chamando para sua luminosidade, então brilhou sobre mim como um sinal, uma bênção naquela varanda com o gorgolejar suave das águas fluindo em meus ouvidos, uma promessa a meu pedido de força para ser quem eu precisar ser. Eu a senti no coração, nos ossos, no meu sangue fino, e ouvi outra vez a voz de Margareta: "Vai ser uma estrada dura e solitária, mas, lembre-se, a ajuda está a caminho". Essa foi sua última leitura de tarô para mim, há dezessete anos.

ARLESHEIM, 27 DE DEZEMBRO DE 1985

Na noite passada, sonhei que adormecia na minha cama aqui na clínica e havia uma presença física deitada do meu lado esquerdo. Não conseguia ver, pois estava escuro, mas sentia que esse corpo começava a me tocar na coxa esquerda e que isso representava um grande perigo. "Devem achar que morri e então podem vir me levar", pensei, "porém, se eu gemer, saberão que estou acordada e vão me deixar em paz." Comecei a resmungar suavemente, contudo a criatura não parou. Podia sentir seus dedos frios subindo pelo lado esquerdo dos meus quadris e pensei: "Oh, oh, a hora do pesadelo! Preciso gritar mais alto. Talvez esse barulho o faça ir embora, porque não tem ninguém aqui para me acordar!". Então gritei e rugi no sonho, e enfim, depois do que me pareceu um longo tempo, acordei gritando, e é claro que não havia nada na cama, embora ainda sinta como se a morte realmente tivesse tentado.

ARLESHEIM, 30 DE DEZEMBRO DE 1985

Frances e eu fomos à Konditorei [confeitaria] na cidade hoje à tarde, para tomarmos um chá e ficarmos juntas longe do hospital, quando a professora idosa que usa o colar de rondonita apareceu e se sentou conosco. Era tão óbvio que ela queria conversar que não conseguimos dizer não, ainda que nunca tenhamos tempo suficiente juntas e à sós.

Foi realmente triste. Dr. Lorenz tinha acabado de lhe dizer que seu câncer de mama tinha se espalhado para os ossos, e ela não sabe o que fazer. Precisa tomar providências em relação à mãe idosa, de quem cuida em casa, mas não poderá mais fazer isso. Não há ninguém que conheça a quem possa pedir ajuda porque sua irmã morreu no ano passado. Me senti muito triste por ela. Aqui estamos, quase véspera de ano-novo, e não há com quem ela possa falar sobre suas preocupações, exceto duas americanas desconhecidas numa confeitaria.

Ela explicou que ela e a irmã tiveram de morar com operários estrangeiros (italianos) na fábrica onde trabalharam durante a Segunda Guerra e que eles eram muito sujos, com piolhos e pulgas, então as duas espalhavam DDT nos cabelos e nas camas toda noite para não pegarem doenças! E ela tem certeza de que é por isso que o câncer se espalhou para seus ossos. Havia algo tão grotesco nessa triste mulher solitária morrendo de câncer nos ossos ainda apegada a preconceitos étnicos, mesmo quando percebia que eles lhe custariam a vida. Dentro de mim, a imagem dela como uma jovem saudável ariana preconceituosa parecia em guerra com a patética senhora em nossa mesa, e precisei sair dali imediatamente.

ARLESHEIM, 31 DE DEZEMBRO DE 1985

Adeus, ano velho, último dia deste ano complicado. E, sim, todas as histórias que contamos são sobre cura de uma forma ou de outra.

Neste lugar onde fazem tanta questão de união e comunidade, Frances e eu nos sentamos em uma mesa decorada no jantar de ano-novo, cercadas por cadeiras vazias, uma ilha para nós no salão festivo. É bom que tenhamos uma à outra, mas por que eu deveria sofrer esse ostracismo e pagar por ele? Imagino que o objetivo não seja me agradar, e sim o que tiro dele, e isso depende de mim. Como Gloria disse ao telefone: "Pegue o que puder usar e deixe o resto pra lá!". Eles não precisam me amar, só me ajudar.

Meu pingente *tiki* maori feito de jade se foi, perdi ou roubaram do meu quarto. Quanto devo perder até que seja o bastante?

Não suporto pensar que este seja meu último ano-novo. Mas pode ser. Que frustrante! Porém, se for verdade, pelo menos tive outros que foram bons e cheios de retrospectivas, de amor e esperança suficientes para durar para sempre e além da minha vida. Frances, Beth e Jonathan, Helen, Blanche e Clare, nosso grupo amoroso. Me agarro ao que conheço e ao que sempre soube em meu coração, desde o dia em que descobri o que era amor – que, quando realmente existe, é a força mais potente e duradoura da vida, mesmo que certamente não seja a mais veloz. No entanto, sem ele, todo o resto não vale nada.

Depois que Frances voltou para o hotel, lavei meu cabelo (desejando ter algumas flores brancas para colocar na água para uma bênção), escutei Bob Marley e fui para a cama.

> ... *this is my message to you-u-u-u-u*
> *Every lil thing – is gon be allright-t-t-t...*[6]

6\ Versos da canção "Three Little Birds": "Essa é minha mensagem para você/todas as pequenas coisas – vão ficar bem". [N. T.]

ARLESHEIM, 1º DE JANEIRO DE 1986

Hoje Frances e eu fizemos uma trilha até o topo da montanha para ver as ruínas de Dornarch, assim como todo o vale do Reno e os arredores. Foi tão bom mexer o corpo novamente. Minha mãe costumava dizer que aquilo que você faz no primeiro dia do ano é o que fará ao longo dele, e certamente gostaria de acreditar que isso é verdade. Estava muito frio, ensolarado e, claro, quase cinco quilômetros de ida e volta. As ruínas emitiam aquele eco histórico e a presença de trabalhos forçados do passado, embora não tão profundos quanto as pedras de El Morro, em Cuba, e com certeza não tão desesperadamente quanto as paredes do castelo Elmina, em Gana, de onde tantas mulheres e homens negros foram enviados para o inferno – a escravidão.

ANGUILLA, CARIBE ORIENTAL BRITÂNICO, 20 DE FEVEREIRO DE 1986

Aqui estou em busca de sol para os meus ossos. Uma pequena ilha árida com praias extravagantemente lindas, e o povo caribenho com seus sotaques suaves vivendo à beira-mar. A principal fonte de renda em Anguilla vem do imposto alfandegário, a segunda é a pesca. Saio ao amanhecer para ver os pescadores deixarem a baía Crocus, e, quando eles retornam, às vezes dão um peixe para mim e para Gloria. Uma rede intrincada de posses e lideranças compartilhadas define a divisão de cada pesca.

Dólares fossilizados são encontrados nos bancos de areia nas praias de Anguilla e nas falésias argilosas que se inclinam em direção à praia. Durante horas passeio pelas praias procurando por eles ou catando conchas, que lavo na beira do mar esverdeado. Nunca conheceria essa ilha se não fosse por Gloria. Anguilla parece um pedaço de casa, um lugar de descanso, muito terapêutico, repleto das essências da vida.

O sol e o mar aqui estão me ajudando a me salvar. Eles são bem mais suaves do que o rumor do East River, do Spuyten Duyvil e da parte baixa da baía de Nova York. Entretanto, o mar sempre fala comigo, onde quer que eu o encontre. Imagino que seja um legado de minha mãe, de quando costumávamos parar, muitos anos atrás, encarando o rio Harlem por cima dos seixos sujos de fuligem na parte baixa da 142nd Street. Anguilla me faz lembrar de Carriacou, a pequena ilha de Granada onde minha mãe nasceu.

Quando estou perto do mar, a vastidão da água me preenche com uma paz duradoura e uma alegria como se eu encontrasse uma pedra preciosa na terra, uma sensação de tocar algo que em essência sou eu, em algum lugar onde meu passado e meu futuro se interseccionam no presente. O presente, aquela linha fina de tensão, e conexão, e performance, o intenso e barulhento agora. Apenas a terra e o céu durarão para sempre, e o oceano estará com eles.

Ouço as canções da água, sinto as ondas nos fluidos do meu corpo, ouço o mar ecoar as vozes de sobrevivente de minha mãe, de Elmina, passando por Grenville até o Harlem. Eu as ouço ressoando dentro de mim do assovio ao estrondo – da lua minguante até a cheia.

ST. CROIX, ILHAS VIRGENS, 2 DE ABRIL DE 1986

Este foi o ano em que passei a primavera zanzando pelas praias de St. Croix, inundada por ventos alísios e cocos, areia e mar. As vozes caribenhas no supermercado e no Chase Bank, os sabores locais que sempre significaram lar. A cura no interior de uma rede de mulheres negras que fornece tudo, de um fluxo constante de cocos saborosos a fofocas picantes, luz do sol, peixes--papagaio frescos, conselhos de como se recuperar do *burnout* acadêmico, até um lugar onde posso me lembrar de como a terra se sente às 6h30 sob uma lua crescente tropical trabalhando num jardim ainda fresco – um cenário adorável do qual posso fazer parte e no qual florescer.

Fui convidada para participar da conferência de mulheres caribenhas "Os laços que unem". A princípio, pensei que não teria energia para fazer isso, mas a experiência toda tem sido um lembrete poderoso e estimulante de como me sinto bem fazendo meu trabalho onde tenho a convicção de que ele mais importa, entre as mulheres – minhas irmãs – que tanto quero alcançar. Parece que estou falando com Helen, minha irmã, e Carmen, minha prima, com todas as frustrações e alegrias da plateia amalgamadas. É sempre assim quando tentamos fazer com que as pessoas que amamos intensamente nos ouça e usamos caminhos que são totalmente diferentes do nosso, sabendo que elas são as mais difíceis de alcançar. Mas há aspectos em que somos iguais, e isso torna a comunicação possível.

A conferência foi organizada por Gloria e outras três integrantes das Sojourner Sisters, e ter colocado uma iniciativa dessas em prática é uma realização incrível de quatro mulheres negras, que ainda trabalham em tempo integral. Elas orquestraram o evento inteiro, trazendo palestrantes de dez países diferentes, nos acomodando e nos alimentando maravilhosamente, além de terem organizado quatro dias de apresentações e oficinas históricas, culturais e políticas agradáveis e provocativas para as mais de duzentas participantes.

A apresentação comovente de Johnnetta Cole sobre a Revolução Cubana e seu significado na vida das mulheres caribenhas; a análise incisiva de Merle Hodger sobre o sexismo na cena musical do calipso; Dessima Williams, ex-embaixadora de Granada na Organização de Estados Americanos, bela e orgulhosa, recordando Maurice Bishop e a libertação granadina com lágrimas nos olhos.

Além de ter sido um tremendo sucesso, esses dias foram um exemplo emocionante do verdadeiro poder de um pequeno grupo de mulheres negras da diáspora em ação. Quatro mulheres da comunidade, se encontrando depois do trabalho durante quase um ano, sonharam, planejaram, financiaram e executaram essa conferência sem apoio institucional. Tem sido um sucesso extraordinário, muita informação e afirmação tanto para aquelas que se apresentaram como para quem assistiu.

É uma experiência muito acolhedora para mim, o lugar ideal para retomar a vida social, e estou tão orgulhosa de ser parte disso, de falar e de ler minha obra como mulher caribenha.

ST. CROIX, 5 DE ABRIL DE 1986

Ontem foi o 18º aniversário do assassinato de Martin Luther King. Carnegie Hall, Duke Ellington, o coral da Tougaloo. Suas jovens vozes negras aos prantos correm no meu sangue até hoje. *What the world needs now is love...*[7] Ainda havia espaço para a esperança, mas a margem estava se estreitando rapidamente. Eu me pergunto onde estarão agora aqueles jovens da Tougaloo que foram tão corajosos, emocionados e unidos em sua solidão. Eu me pergunto como a vida deles tem sido influenciada/formada/conduzida pelas emoções e eventos que se deram sobre o palco do Carnegie Hall na noite em que King morreu. Eu me pergunto se terei notícias de algum deles novamente.

ST. CROIX, 20 DE ABRIL DE 1986

Aniversário da Blanchie. Quando ela fez mastectomia no ano passado, foi a primeira vez que tive de encarar, no rosto de uma mulher que amo, os sentimentos e medos que encarei dentro de

---

7\ "Do que o mundo precisa agora é de amor", verso da canção "What the World Needs Now", de Burt Bacharach e Hal David. [N. T.]

mim, mas com os quais não lidei internamente. Agora precisei falar desses sentimentos de uma forma significativa e urgente em nome do meu amor. Nos últimos oito anos, de algum jeito, soube que um dia seria assim, que qualquer tipo de salvação pessoal nunca é *só* pessoal.

Hoje falei com Blanchie ao telefone sobre esse sentimento de que preciso expor tudo o que sei, tornar vivo e imediato com a emoção do momento.

Sempre fui assombrada pelo medo de não ser capaz de alcançar as mulheres de quem sou mais próxima, de não ser capaz de colocar à disposição delas o que coloco ao alcance de tantas outras. As mulheres da minha família, as amigas mais próximas. Se o que conheço como verdade não puder ser usado por elas, pode-se dizer que é mesmo de verdade? Em contrapartida, isso não colocaria um fardo terrível sobre todas as envolvidas?

É uma questão de aprender linguagens, de aprender a usá-las com precisão para fazer o que deve ser feito com elas, e é para a Blanchie dentro de mim que preciso falar com tanta urgência. Essa é uma das grandes coisas para as quais as amigas estão lá umas pelas outras quando se é muito próxima por tanto tempo.

E é claro que o câncer é político – veja como tantas das nossas companheiras morreram por causa dele nos últimos dez anos! Como guerreiras, nosso trabalho é sobreviver ativa e conscientemente pelo máximo de tempo possível, lembrando que, para vencer, o agressor precisa conquistar, mas os resistentes só precisam sobreviver. Nossa batalha é definir a sobrevivência de formas que sejam aceitáveis e recompensadoras para nós, no sentido de terem substância e estilo. Substância. Nosso trabalho. Estilo. De acordo com quem somos.

Como seria viver num lugar onde a busca por definição neste momento crucial da vida não fosse circunscrita e fracionada pela doença econômica da américa? Aqui a primeira consideração relativa ao câncer não é o que ele representa na minha vida, e sim o quanto isso vai custar?

ST. CROIX, 22 DE ABRIL DE 1986

Recebi uma carta de Ellen Kuzwayo esta manhã. Sua irmã em Botsuana morreu. Gostaria de estar em Soweto para abraçá-la e deixar que sua cabeça descansasse em meu ombro. Ela parece tão forte e convicta em sua fé inabalável, ainda que tão solitária. Na trama de horrores em que ela e outras mulheres vivem diariamente na África do Sul, essa perda acontece em meio a tantas outras, ao mesmo tempo tão particular e pungente.

NOVA YORK, 8 DE MAIO DE 1986

O amanhã pertence aos que o concebem como algo que diz respeito a todo mundo, a quem lhe empresta o melhor de si, com alegria.

Preciso de todos os meus eus trabalhando em conjunto para integrar à minha consciência e ao meu trabalho o que aprendi com mulheres de cor ao redor do mundo. Preciso de todos os meus eus trabalhando em conjunto para focar a atenção e a ação efetivamente contra o holocausto em curso na África do Sul e no sul do Bronx, e nas escolas negras por todo este país, sem falar nas ruas. Deitar na linha de frente. É necessário que tudo o que sou trabalhe em conjunto para combater essa morte dentro de mim. Cada uma dessas batalhas gera energias úteis nos outros.

Estou no ápice da mudança, e a curva está mudando rápido.

Nos dias de maior desânimo, eu me mantenho à deriva, sustentada, empoderada pelas energias positivas de tantas mulheres que carregam o sopro do meu amor como a luz do fogo em seus cabelos fortes.

NOVA YORK, 23 DE MAIO DE 1986

Andrea ligou de Nova Orleans hoje de manhã. Ela e Diana estão ajudando a organizar a Feira do Livro das Mulheres Negras. Apesar do tamanho, não há uma livraria feminista na cidade. Ela está muito animada com o projeto, e foi realmente revigorante conversar com ela sobre isso. Há tantas jovens negras por este país tomando a frente onde quer que estejam e se fazendo presentes em suas comunidades de maneiras muito reais. Essas mulheres fazem valer a pena o silêncio inicial, as dúvidas e o desgaste. Sinto que são minhas herdeiras e, às vezes, suspiro aliviada por elas existirem, por não precisar fazer tudo.

É uma via de mão dupla, mesmo que nem sempre eu perceba. Como a jovem negra do Alcóolicos Anônimos que, na semana passada, se levantou durante a minha leitura de poesia e falou de quanta coragem dei a ela, e eu tremia, porque, quando ela começou, pensei que fosse fazer um *rap* pesado sobre câncer em público, e ainda não estou pronta para isso. Eu me senti muito humilde depois desse breve episódio. Quero reconhecer todas aquelas conexões intrincadas entre nós por meio das quais apoiamos e empoderamos umas às outras.

BONNIEUX, FRANÇA, 20 DE JUNHO DE 1986

Como é incrivelmente enriquecedor estar no sul da França com as Zamani Soweto Sisters vindas da África do Sul. Gloria e eu as conhecemos por intermédio de Ellen Kuzwayo e nosso trabalho de arrecadação de fundos com a SISSA. Elas são um dos grupos que ajudamos a manter com nossas contribuições. Só sinto que Ellen não possa estar aqui também, mas ao menos tive a chance de estar com ela em Londres em 16 de junho, aniversário do levante de Soweto.

Adquiri uma coragem imensa com essas mulheres, suas risadas e lágrimas, com a graça diante da adversidade constante, com a alegria de viver, que é uma de suas armas mais potentes, com o poder hábil de seu tamanho, os corpos definidos por suas danças, os pés inchados. Nessa breve trégua, que nos foi possível graças à gentileza de Betty Wolpert, aquelas mulheres me ensinaram tanta coragem e perspectiva.

BONNIEUX, 21 DE JUNHO DE 1986

Doce solstício, e mais uma vez a deusa sorri para mim. Estou sentada no jardim de pedras circulares de Les Quelles, uma bela fábrica de seda restaurada, hoje uma casa de campo. Gloria e as Zamani Soweto Sisters estão ao meu redor, todas nós brilhantes e sutis sob as flores esvoaçantes de uma tília. Parece e transmite a sensação do que sempre imaginei que seria um *composto* de mulheres em alguma vila africana, em algum momento. Umas tomam chá, outras costuram, varrem a poeira do chão do quintal, penduram as roupas ao sol por cima da cerca, lavam e penteiam os cabelos umas das outras. Flores de acácia perfumam o ar do meio-dia, enquanto Vivian conta histórias sob as lágrimas que correm de seus brilhantes olhos cor de âmbar.

Um grupo de adolescentes, estudantes, que não pediu autorização dos pais para ficar na rua até tarde, morreu. Um agente funerário negro rico empresta seus rabecões para a polícia transportar os corpos das crianças assassinadas.

Os três meninos viram o veículo blindado fortemente armado se movendo na estrada em Dube, na Cidade do Cabo, e correram para se esconder atrás de um algodoeiro no fim do quintal, jovens demais para saber que seriam vistos conforme o tanque descesse a rua. O policial louro se esticou para fora do tanque a fim de atirar atrás da árvore onde os três haviam se escondido, só para ter certeza de que as crianças estavam todas mortas.

Ela conta de mães em sua rua que deixaram de ir ao trabalho e ficaram em casa, correndo o risco de ser deportadas para a desolação de uma "terra natal" desconhecida, se arrastando de uma delegacia para outra, por toda Soweto, perguntando: "Meus filhos estão aqui? Por favor, senhores, esta é a foto dele, esta é sua identidade escolar, ele tem nove anos, meus filhos estão aqui?". Seu filho, saindo da detenção, se arrastando devagar para sempre, seus tendões de aquiles machucados e infeccionados por causa das mordidas não tratadas dos cães policiais.

Ruth, majestosa e orgulhosa como Mujaji, a antiga rainha da chuva do povo Lovedu. "Escrevo meus pensamentos em pequenos pedaços de papel", ela disse, contando de onde vêm as ideias para suas colchas elaboradas. "Às vezes junto tudo e leio, então digo 'não, não é nada disso' e jogo fora. Mas outras vezes eu os desamasso e guardo para as colchas. Gostaria de ter um livro inteiro dessas histórias da minha vida, mas uma colcha é como um livro de muitas histórias costuradas juntas, muitas pessoas podem lê-las inteiras ao mesmo tempo."

Amáveis, fortes, bonitas – as mulheres de Soweto deixaram seus rostos e sua coragem marcados em mim. Elas melhoraram o ar francês, uma nuvem de sabonete, cosméticos e um toque suave de creme de cabelo. O conhecimento da luta sempre por perto. A mulheridade impregna esse espaço.

Thembi, chamada Alice, arde sob a doçura provocadora, trilhando perigosamente o caminho estreito flanqueando o pântano, onde há luzes brilhantes como estrelas logo abaixo da superfície turva em harmonia com o coaxar dos sapos atônitos na noite verde. Ela me implora para libertá-la da dor de nunca fazer o suficiente por nós, não fazer das nossas filhas quem somos. Ela me pede para sonhar com todas as histórias delas e escrever-lhes um poema.

Petal, cujos olhos geralmente estão muito tranquilos enquanto ela se move, baixa, sólida, graciosa. Conversamos sobre o amor, comparando histórias, e seus olhos reluziam surpresos e brilhantes. Em outros momentos, eles estavam receosos, desconfiados, carregados de luto. Petal, que teve sete filhos dos quais apenas dois estão vivos. Que foi torturada pela polícia da África do Sul por semanas. Que recebeu ajuda do Hospital Internacional para Vítimas de Tortura, na Suíça.

Sula, bem-humorada e generosa, sabe obter respostas para todas as suas perguntas com uma persistência gentil e inescapável. Às vezes bebe muito. Seu primeiro marido partiu seu coração, mas ela logo se casou de novo. "Os missionários mentiram muito para nós a respeito dos nossos corpos", revelou, revoltada. "Disseram para nós que éramos sujas e que tínhamos que nos cobrir, e olha agora quem está correndo de biquíni pela Riviera, ou nua ou fazendo *topless*! Tenho uma amiga que...", e ela começa a contar outra história, como a maioria das mulheres conta, de uma amiga especial que adorava a explicação que ela dava de seu passado.

Emily, com seu rosto doce, fala sobre os jovens militantes de Soweto, que desacatam as práticas antigas, levando para as ruas sua determinação em prol da mudança. Ela nos demostrou uma marcha animada de rendição e sua dança diante das metralhadoras apontadas.

Ela não gosta de ouvir outras mulheres cantando hinos. Emily, que amava tanto sua melhor amiga, ainda não consegue ouvir os discos que as duas gostavam de escutar juntas, mesmo depois de cinco anos da morte dessa amiga.

Linda, de olhos hipnóticos, foi interrogada pela polícia sul-africana todos os dias durante um mês. Sobre as atividades subversivas das Zamani Soweto Sisters, sobre a pequena bandeira do Congresso Nacional Africano costurada no bolso de um menino morto, no canto da colcha de um cortejo fúnebre. "As colchas contam histórias de nossas vidas. Não sabíamos que era proibido costurar a verdade, mas vamos alertar as mulheres para que nunca costurem algo assim outra vez. Não, muito obrigada, não quero tomar uma xícara de chá com você." Consigo ouvir sua austera dignidade falando. Ela termina a história com uma risada satisfeita.

Linda tem uma filha de dezenove anos. Faz piada e sugere apresentar suas filhas para nossos filhos e sobrinhos na américa. Nenhuma delas oferece os filhos para nossas filhas. Mariah é vizinha de uma escritora famosa em Soweto e se oferece para levar uma carta da Kitchen Table: Women of Color Press, uma editora de mulheres negras, aos cuidados dela. Correspondência enviada do exterior não chega aos destinatários em Soweto. Redonda, ágil e com um sorriso luminoso, Mariah se senta perto da diretoria executiva das Zamani. Há nela uma presença de vendedora de mercado africana bem-sucedida, inteligente, agradável, extrovertida e atenta a toda oportunidade.

Sofia cuida da contabilidade. Calma e observadora, fala com aquele humor suave que é comum em várias dessas mulheres. Ela mora e costura sozinha, agora que seus filhos cresceram e saíram de casa. Gosta do jeito como Gloria penteia seu cabelo, elas conversam sobre penteados diferentes. Seus olhos são encorajadores e atentos enquanto ela costura com pequenas agulhas ritmadas.

O corpo jovem e vibrante de Etta expressa emoção em nossos momentos espontâneos e frequentes de dança. Ela também está aprendendo a operar câmeras de vídeo. Alegre, Etta está sempre rindo, e algumas das mulheres mais velhas a observam e balançam a cabeça com aquele olhar singular das mulheres negras. No entanto, a maioria delas sorri de volta porque a animação de Etta é contagiante. Seu rosto fica sério quando ela fala do que quer fazer da vida quando voltar para casa.

Helen é mais uma das "meninas", como são chamadas por todo mundo. A relação delas com as outras mulheres é de visível respeito, quase como se fossem suas noras. E a isso se somam o calor e a estima mútua e evidente entre todas. Helen se move de um jeito contemplativo e solene, mas tem olhos brilhantes e travessos que me confidenciam que ela é a mais travessa de todas.

Rita, a última das mais jovens, é quieta, pequena e um tanto comportada. Todas as "mães" gostam muito dela e sorriem para ela com aprovação. Sempre prestativa, fala de um jeito manso e gosta muito de cantar hinos religiosos.

Bembe, de pele clara e ossos pequenos, limpa e passa roupas o dia inteiro, e às vezes também à noite, quando está incomodada com alguma coisa, como a iminente volta para casa. Ela é do povo Zulu, assim como Etta, e adora dançar. As marcas nas bochechas sugerem que passou por um longo período de falta de vitaminas.

Hannah canta uma música animada e engraçada sobre o casamento ser o fim da liberdade da mulher, assim como sobre o fato de a assinatura no registro de casamento eliminar seu nome como foi escrito no livro da vida. Todas as outras mulheres se juntam no refrão, muito animadas, e riem. Essa é uma de suas canções favoritas. Hannah fala de sogras e de como às vezes, quando finalmente conseguem lidar com as coisas do seu jeito, elas descontam nas esposas dos filhos. E, em qualquer tradição, as noras devem permanecer dóceis e prestativas, usando todas as manhãs seus pulmões na capacidade máxima para assoprar as brasas de madeira ou carvão no fogão para o restante da família. Ela conta da juventude, quando acordava às quatro da manhã, até mesmo no dia seguinte a seu casamento, para acender o fogo e fazer o café para os sogros. No entanto, ela não só parou de fazer isso, como também se juntou à filha para dar uma surra no marido adúltero desta, flagrado no ato com outra mulher na cama do casal.

Mary, a mais velha do grupo, é chamada de a Número 1. Esperta, sábia e de fala macia, ela diz que o amor e a responsabilidade chegaram tarde em sua vida, quando começou a trabalhar com as Zamani. É muito agradecida pela existência do grupo, um sentimento que geralmente é demonstrado por todas as mulheres de diversas maneiras. Quando nos despedimos, ela me beijou nos lábios e disse: "Amo você, minha irmã".

Wassa é prática, tem o rosto arredondado e fala do medo de retornar a Johannesburgo. "Pelo menos estaremos todas juntas", ela disse, "então, se algo acontecer a uma de nós, as outras podem contar ao seu povo." Eu me lembro da fala de Ellen sobre o terror de ser assassinada em Johannesburgo sozinha e de como nunca se sabe o que a polícia sul-africana pode estar planejando no aeroporto, nem o porquê.

Na noite anterior à despedida, nadamos na piscina sob a doçura noturna das videiras. "Estamos todas nuas nesta piscina agora", disse Wassa calmamente, "e estaremos todas nuas quando voltarmos para casa." Confidenciamos às mulheres que as levaríamos no coração até nos reencontrarmos. Todas estão ansiosas para voltar para casa, apesar do medo, apesar da incerteza, apesar dos perigos.

Há trabalho a ser feito.

NOVA YORK, 12 DE AGOSTO DE 1986

Ótimas notícias! A tomografia do fígado mostra os dois tumores ligeiramente menores. É boa a sensação de continuar com a minha vida. Me senti redimida sem jamais me tornar complacente – essa é a única vitória na longa batalha que espero às vezes ganhar, às vezes perder. Mas isso me dá uma perspectiva diferente das coisas, saber que a dor pode ser um sinal do tumor se desintegrando. É claro, meu oncologista está surpreso e intrigado. Ele admite que não sabe o que está acontecendo, contudo um sinal de sua boa índole é que ele está genuinamente feliz por mim, apesar de tudo.

Um bom outono se aproxima, se eu me lembrar de pegar leve. Tenho aulas interessantes, e a SISSA está planejando um evento beneficente relacionado à colcha que Gloria e eu trouxemos do encontro na europa com as Zamani Soweto Sisters. Farei outro evento beneficente para a Kitchen Table em Boston. Isso me parece muito bom. Seis anos se passaram desde que o sonho da editora se tornou realidade por meio do trabalho duro de Barbara [Smith], Cherrie [Moraga], Mirna e as demais.

NOVA YORK, 15 DE AGOSTO DE 1986

Mulheres de cor lutam pelo mundo inteiro, nossa distinção, nossa conexão, tantas outras opções para sobreviver. Toda vez que chamo por elas, a quem conheço como irmã, mãe, filha, voz e professora, herdeira do fogo. Alice de Soweto amaldiçoando as canções das missões: "Agora temos nossas próprias canções políticas para os jovens cantarem – chega de perdão!". Sua voz soa quase histericamente sozinha em meio ao silêncio atônito das outras mulheres que entoavam hinos.

Katerina permanece de pé na prefeitura de Berlim, debatendo por duas horas após a leitura de seus poemas e dos de outras mulheres afro-alemãs. "Estou farta", ela disse, "e, sim, pode ser que você precise externar seus sentimentos em relação ao racismo, porque foram descobertos aqui esta noite. No entanto, eu os conheço, vivi com eles a vida inteira e hoje à noite é hora de voltar para casa." E sai pelo corredor, altiva e bela, com aquela audácia fina e familiar das mulheres negras diante de uma situação na qual não contam com nenhum apoio.

Rangitunoa, integrante de uma tribo Maori, se levanta para falar com seu povo em seu lugar sagrado, *marae*. As mulheres não falavam ali antes porque não conheciam a linguagem antiga. No passado, elas não falavam no *marae* de jeito nenhum. Agora, essa jovem que ama mulheres se levanta para falar na língua de seu povo, eloquente e sozinha, sob o olhar suspeito dos mais velhos.

Dinah, mulher aborígene que veio das colinas quentes do norte do deserto viajou três dias de ônibus, parando de missão em missão, para encontrar as escritoras de Melbourne, porque ela tinha ouvido sobre essa conferência e queria trazer suas histórias para elas.

As mulheres samoanas, sérias e tímidas em Auckland, opulentas e poderosas, organizam grupos de estudos para seus filhos adolescentes, dando-lhes aulas noturnas sobre como entender os *Pakahas* (brancos).

As mulheres aborígenes reivindicam a famosa rocha Ayers como *Ulluru*, um lugar dos sonhos das mulheres.

Mulheres das ilhas do Pacífico Sul exigem o direito de seu povo à terra, rejeitando a loucura nuclear americana e europeia que devasta suas ilhas.

Pessoas de cor enchem as ruas do centro de Auckland, marchando em apoio a um Pacífico independente e livre de testes nucleares. Quase poderia ser Washington, D.C.!

Crianças negras sentadas no meio da metrópole, Melbourne, para celebrar o Dia Koori, a bandeira vermelha, preta e amarela da libertação do Pacífico e da revolução crepitando ao sol. "O que queremos? DIREITO À TERRA! Quando queremos? AGORA!!" Cartazes cercando o shopping de preto, vermelho e amarelo: PAGUEM O ALUGUEL!.

Merle, poderosa e brilhante, escritora caribenha que analisa calmamente o machismo por trás das letras de seus adorados calipsos.

As costureiras sul-africanas contam suas histórias multifacetadas de sobrevivência, vozes suaves repletas do que Gloria chama de paciência revolucionária.

Mulheres negras assumindo as responsabilidades em todo o mundo.

NOVA YORK, 21 DE SETEMBRO DE 1986

Equinócio do outono, tempo de equilíbrio. Nudie morreu hoje de câncer de pulmão em Porto Rico. Frances e eu tínhamos acabado de voltar de um belo fim de semana em Shelter Island, e, assim que entramos em casa, o telefone tocou e era Yoli. Sinto a mesma tristeza e fúria que senti ao saber que Hyllus Maris tinha morrido em Melbourne mês passado. Algumas de nós se recusam a ter qualquer relação com outras pessoas com câncer, relutantes em acolher outra dor, como se qualquer reflexo de nossas batalhas fosse capaz de diminuir nossas forças ou torná--las realistas demais para suportar. Outras criam conexões de apoio, mas às vezes essa conexão não é sólida o bastante e abre espaço para mais um luto. Eu sentia ter um pacto especial com Hyllus e Nudie. Como se tivéssemos nos prometido que conseguiríamos, porém ninguém consegue, elas não conseguiram, eu também não conseguirei.

Mas o pensamento mágico não funciona. Estou tão feliz que Nudie teve a chance de voltar para Porto Rico, que era onde ela queria passar seus últimos dias.

Conseguir, de fato, significa fazer as coisas do seu jeito pelo máximo de tempo possível, seja atravessar uma avenida movimentada, seja contar verdades desagradáveis. Entretanto, mesmo que seja infantil ou inútil, ainda estou aborrecida com as duas por terem morrido.

Provavelmente é assim que algumas das minhas amigas se sentem em relação a mim neste momento, aquelas que não conseguem me olhar nos olhos e me perguntar como estou, embora eu esteja muito viva e ativa.

Há nove anos fiz minha primeira biópsia de câncer de mama. Que foi surpreendente e conclusivamente negativa. Tantas biópsias. Bob Marley ecoa entre as minhas visualizações: *"won't you help me sing / these songs of freedom / was all I ever had / redemption songs"*.[8]

NOVA YORK, 27 DE SETEMBRO DE 1986

Espero que, quando eu reler este diário no futuro, ele seja mais do que um simples registro de quem morreu em qual mês e de como essas mortes me comoveram. Talvez ao menos eu possa usar esse

---

8\ Versos da música "Redemption Song": "Você não vai me ajudar a cantar / estas canções de liberdade / tudo o que eu sempre tive / canções de redenção". [N. T.]

conhecimento para me mover além dos momentos de terror. Prefiro pensar no quanto não quero morrer – uma vez que não quero morrer de jeito nenhum, mas com certeza isso vai acontecer – em vez de me entregar à morte de algum modo antigo, padronizado, de acordo com as regras dos outros. Não é como se houvesse uma segunda chance para morrer da forma como você quer.

Às vezes tenho o sentimento sinistro de que estou vivendo em alguma novela macabra. E, *além disso*, ela está sendo gravada em cores muito vívidas. Se for isso mesmo, espero que um dia seja útil para algo, no mínimo para entreter outras mulheres negras durante a tarde quando a vida real estiver muito dura. Com certeza, fará mais sucesso que *As the World Turns*. Pelo menos nessa haverá pessoas negras de verdade, e talvez, se eu tiver sorte, arrastem a história interminavelmente por vinte ou trinta anos como essas novelas, até que o autor morra de idade avançada ou o público perca o interesse – o que é outra maneira de dizer que eles não precisam mais descarregar as tensões que se ocultam sob aquela história específica.

NOVA YORK, 6 DE NOVEMBRO DE 1986

Deusa negra mãe, dragão marinho do caos, Seboulisa, Mawu. Ouça-me, me enlace com seus braços musculosos enfeitados com flores, não permita que eu jogue fora qualquer parte do meu ser.

As mulheres que me pedem para registrar essas histórias estão me pedindo o ar que eu respiro, a fim de usá-lo em seu futuro, estão me cortejando para que eu volte a minha vida de guerreira. Algumas me oferecem o corpo, outras a paciência duradoura, outras um incêndio isolado, e há ainda as que apenas precisam de uma necessidade sem disfarces cuja presença seja muito familiar. É a necessidade de dar voz às dificuldades de viver com câncer, fora dessa segurança tão frágil de que elas "sabem tudo" ou das mudanças que tivemos de forjar para garantir que o câncer não voltasse. E existe a necessidade de expressar a vida com câncer fora da aceitação anestesiada da morte como uma espera resignada entre o desespero inicial e a fúria posterior.

Não há nada que eu não possa usar de alguma forma na vida e no trabalho, ainda que nunca tenha escolhido isso por conta própria, ainda que esteja brava por ter de fazer essa escolha. Ninguém disse que seria fácil, ninguém disse tampouco como os desafios se apresentariam. O objetivo é fazer o que for possível dentro do que preciso fazer antes que me esgotem até a morte.

Racismo. Câncer. Nos dois casos, a vitória do agressor depende da conquista, mas quem resiste só precisa sobreviver. Como defino o que é sobrevivência e em quais termos?

Então a sensação de triunfo quando pego a caneta e digo, sim, vou escrever outra vez sobre o mundo do câncer e com uma perspectiva diferente – de viver com câncer como um relacionamento íntimo diário. Sim, direi claramente, seis anos depois da mastectomia, apesar dos padrões de alimentação e hábitos drasticamente alterados, apesar da prática autoconsciente e do autoempoderamento crescente, apesar do compromisso cada vez mais profundo de usar minha experiência em favor daquilo em que acredito, apesar das expectativas positivas ao contrário do esperado, fui diagnosticada com câncer no fígado, metástase do câncer de mama.

Esse fato não torna meus últimos seis anos de trabalho menos essenciais, importantes ou necessários. A precisão do diagnóstico se tornou menos importante do que a maneira como uso a vida que tenho.

NOVA YORK, 8 DE NOVEMBRO DE 1986

Se eu vou colocar tudo isso para fora de um jeito que seja útil, deveria começar a história pelo começo.

Um tumor considerável no lobo direito do fígado, os médicos disseram. Muitos vasos sanguíneos, o que indica grande possibilidade de ser maligno. Vamos marcar uma cirurgia agora mesmo e ver o que é possível fazer a respeito. Espere aí, eu disse. Preciso sentir essa coisa e ver o que está acontecendo dentro de mim primeiro, eu disse, necessitando de algum tempo para absorver o choque, para analisar a situação e não agir movida pelo pânico.

Em vez disso, essa simples reivindicação dos processos do meu corpo desencadeou um ataque do famoso especialista em tumores no fígado, reação que fez com que minhas mais profundas – para não dizer mais úteis – suspeitas fossem totalmente levantadas.

O que aquele médico poderia ter dito para mim, e eu teria escutado, era: "Você tem uma doença séria e, seja lá o que fizer em relação a isso, não deve ignorá-la nem adiar a decisão de como vai lidar com isso, porque ela não vai desaparecer, não importa o que você pense que é". Reconhecer a responsabilidade por meu corpo. Entretanto, o que ele me disse foi: "Se você não fizer exatamente o que estou dizendo agora, sem questionar, terá uma morte horrível". Com essas palavras, exatamente.

Senti as linhas de batalha se desenharem dentro do meu corpo.

Vi esse especialista em câncer no fígado em um hospital importante de Nova York, indicada como paciente ambulatorial por meu médico.

As primeiras pessoas de jaleco branco que me entrevistaram atrás de um computador só estavam interessadas nos lucros do meu plano de saúde e apresentaram os meios de pagamento. Aquelas informações cruciais determinariam qual tipo de crachá de paciente eu receberia, e sem ele ninguém estava autorizado a ir para o andar de cima ver um médico, foi o que me informaram os guardas uniformizados armados na escadaria.

Do momento em que fui introduzida no consultório do médico e ele viu meus raios X, ele passou a me infantilizar com uma técnica obviamente bem treinada. Quando eu disse que queria pensar duas vezes a respeito de uma biópsia, ele espiou minha ficha. O racismo e o machismo deram as mãos em sua mesa quando o médico viu que eu dava aula numa universidade.

"Bem, você me parece uma *garota inteligente*", ele disse, encarando meu único seio o tempo todo enquanto falava. "Não fazer essa biópsia imediatamente é como enfiar a cabeça num buraco." Então, continuou dizendo que não seria responsável quando eu me lamuriasse, agoniada, no canto do consultório!

Perguntei a esse especialista em câncer no fígado sobre os riscos de uma biópsia espalhar a malignidade existente, ou até mesmo encorajá-la, num tumor com baixo potencial de malignidade. Ele desconsiderou minhas preocupações com um aceno e, em vez de responder, informou que não havia outra opção razoável.

Gostaria de pensar que esse médico estava sinceramente motivado pelo desejo de que eu seguisse o que ele realmente acreditava ser o único remédio para o meu corpo adoecido, mas minha fé nessa possibilidade foi consideravelmente diminuída pelo valor de 250 dólares pela consulta e por seu relatório subsequente para o meu médico contendo várias supostas observações clínicas de *abdômen obeso e seio remanescente pendular*.

De qualquer forma, posso agradecê-lo por cutucar furiosamente meus terrores, que gritaram "Deve ter algum outro jeito, isso não me parece certo". Se isso for câncer e eles me abrirem para descobrir, o que impede que essa ação invasiva espalhe o câncer ou transforme essa massa indefinida numa malignidade ativa? Tudo o que peço é a tranquilidade de uma resposta realista às minhas verdadeiras perguntas, o que não chegou nem perto. Concluí que, se fosse morrer em agonia no chão do consultório de alguém, certamente não seria no dele! Precisava de informação e passei horas procurando livros sobre fígado na seção de medicina da Barnes & Noble da Quinta Avenida. Aprendi, entre outras coisas, que o fígado é o maior, mais complexo e mais generoso órgão do corpo humano. Isso, contudo, não me ajudou muito.

Nesse período de fraqueza física e confusão psíquica, me descobri vasculhando um intrincado inventário de raiva. Primeiro do cirurgião que operou minhas mamas – será que ele fez algo errado? Como um pequeno tumor no seio se tornou metastático?

Ele me assegurou que havia tirado tudo, então, agora, que história era essa de micrometástases? Esse tumor no fígado pode ter surgido ao mesmo tempo que o câncer de mama? Havia tantas perguntas sem respostas e tanta coisa que eu não conseguia entender.

A maior raiva, porém, é a de mim mesma. Por um breve instante, me senti um fracasso completo. O que me esforcei tanto para fazer nesses últimos seis anos além de viver, e amar, e trabalhar de acordo com o máximo do meu potencial? E tudo isso não era a suposta garantia de que esse tipo de coisa não aconteceria novamente? Então o que fiz de errado, pelo que estou pagando e POR QUE EU?

Enfim, uma vozinha dentro de mim disse bruscamente: "Vamos lá, de verdade, você teria preferido viver os últimos seis anos de algum outro jeito mais gratificante? E, seja como for, *deveria ou não* nem é uma questão. Como você quer viver daqui para frente e o que vai fazer em relação a isso?". Está desperdiçando tempo!

Gradualmente, naquelas horas entre as pilhas de livros na Barnes & Noble, me senti mudando para outro ritmo. Minha determinação se fortaleceu enquanto meu pânico diminuiu. Respirar fundo, regularmente. Não permitir que cortem meu corpo novamente até que eu esteja convencida de que não há alternativa. E, desta vez, o ônus da prova recai sobre os médicos, porque seus históricos de sucesso com câncer no fígado não são tão bons para que me façam correr para uma solução cirúrgica. Táticas de provocar medo não vão funcionar. Senti medo durante seis anos, e isso não me paralisou. Adquiri muita prática em fazer o que é preciso, aterrorizada ou não, então terrorismo não vai funcionar. Ou espero que não funcione. De qualquer forma, graças à deusa, elas ainda não estão funcionando. Um passo de cada vez.

Mas alguns pesadelos são puro inferno, e comecei a ter dificuldades para dormir.

Escrevendo isto, descobri como algumas coisas que não considerei importantes têm importância. Descobri isso por causa do preço alto que representa investigá-las. Primeiro, eu não queria rever como lentamente entrei num acordo com a minha mortalidade em um nível mais profundo que antes, nem a força inevitável que isso me deu quando comecei a tocar a vida no presente. Livros de medicina sobre o fígado eram bons, no entanto havia compromissos que deviam ser mantidos, decisões para tomar relacionadas à viagem à europa. E o que diria aos meus filhos? Honestidade sempre foi algo essencial entre nós, mas realmente precisava que eles passassem por isso comigo durante os difíceis anos finais da faculdade? Em contrapartida, como poderia deixá-los de fora dessa decisão tão importante?

Visitei meu cirurgião de mamas, um médico com quem sempre pude falar francamente, e foi com ele que adquiri meu *timing* objetivo e confiável. Foi com ele que aprendi que as formas convencionais de tratamento para metástases no fígado representam pouco mais de um ano de diferença nas taxas de sobrevivência. Resgatei das sombras de trinta anos atrás a voz de minha velha amiga Clem: "Vejo você vir aqui tentando dar sentido a coisas que não têm sentido. Tente viver. Reaja, mude, veja o que acontece". Pensei no modo africano de perceber a vida, como uma experiência a ser vivida em vez de como um problema a ser resolvido.

A medicina homeopática chama o câncer de doença fria. Entendo que, sob os meus ossos trêmulos, existe a necessidade de calor, de sol ou mesmo de um banho quente. Parte do caminho para preservar minha vida inclui recusar me expor ao frio sempre que possível.

Em geral, luto muito para manter a rotina do meu tratamento integrada, de modo coerente e prático, ajustada com o cotidiano. Esquecer não é desculpa. É apenas uma oportunidade perdida de fazer a diferença entre uma malignidade latente e outra que torna a crescer. Isso não só me mantém numa relação íntima, positiva com minha saúde, como também destaca o fato de que tenho a responsabilidade de cuidar dela. Não posso simplesmente entregar essa responsabilidade para outra pessoa.

O que não significa que devo me render à crença, arrogante ou ingênua, de que sei tudo de que preciso para tomar decisões fundamentadas em relação ao meu corpo. Mas cuidar da saúde e reunir informações que me ajudem a compreender e participar das decisões em relação ao meu corpo por pessoas que sabem mais de medicina do que eu são estratégias fundamentais na minha batalha pela vida. Elas também me fornecem exemplos importantes para as outras batalhas pela vida em diferentes arenas.

Combater o racismo e o heterossexismo e me opor ao *apartheid* demandam a mesma urgência dentro de mim que a luta contra o câncer. Nenhuma dessas batalhas é fácil, e mesmo as vitórias mais ínfimas não devem ser minimizadas. Cada vitória deve ser aplaudida, porque é tão fácil simplesmente não lutar, apenas assentir, compreender e chamar essa aceitação de inevitável.

E todo o poder é relativo. Reconhecer a existência, assim como as limitações do meu poder, aceitar a responsabilidade de usá-lo em causa própria, me envolver diretamente em atitudes que impedem a negação como um refúgio possível. As palavras de Simone de Beauvoir ecoam na minha cabeça: "É do conhecimento das condições autênticas da vida que devemos extrair a força para vivermos e as razões para agirmos".[9]

NOVA YORK, 10 DE NOVEMBRO DE 1986

Planejar viver – sem sucumbir – consciente de que essa é a realidade da minha existência, de que tenho uma doença no meu corpo que eventualmente causará a morte, vem em ondas, como

---

9 \ Trecho de Simone de Beauvoir, *Por uma moral da ambiguidade*, trad. de M. J. de Moraes (Rio de Janeiro: Nova Fronteira, 2005). [N. T.]

uma maré subindo. Coexiste com outra força dentro de mim que diz não, você não, os raios X estão errados, e os exames estão errados, e os médicos se enganaram.

Existe um tipo diferente de energia inerente a cada um desses sentimentos, e tento reconciliá-los e usar essas energias diferentes toda vez que preciso delas. A energia gerada em princípio pela consciência serve para me estimular a me concentrar em viver e fazer meu trabalho com intensidade e um propósito de urgência. Larguem os brinquedos, estamos entrando em águas turbulentas.

As energias geradas pela segunda força abastecem a determinação de continuar fazendo o que faço para sempre. As tensões criadas dentro de mim pelas contradições são mais uma fonte de energia e de aprendizado. Sempre soube que minhas lições mais duradouras sobre a diferença foram aprendidas com a observação atenta da maneira como minhas diferenças internas coexistiam.

NOVA YORK, 11 DE NOVEMBRO DE 1986

Continuo observando como as outras pessoas morrem, comparando, aprendendo, criticando o processo internamente, combinando com o modo como gostaria que acontecesse comigo. Penso nessa autoinvestigação no sentido de sua utilidade para outras mulheres negras vivendo com câncer, nascidas e não nascidas.

Tenho uma vida privilegiada, ou já estaria morta. São dois anos e meio desde que o primeiro tumor no meu fígado foi descoberto. Quando precisei saber, não havia ninguém por perto para me dizer que havia alternativas às quais me voltar além de médicos aterrorizados de não saber tudo. Não havia ninguém para me lembrar de que tenho o direito de decidir o que acontece com o meu corpo, não apenas porque o conheço melhor do que ninguém, mas simplesmente porque é meu. E tenho o direito de reunir informações que me ajudem a tomar decisões cruciais.

Foram circunstâncias inesperadas que me levaram para a Alemanha num momento crítico da minha saúde, assim como outro incidente me apresentou a uma abordagem holística/homeopática no tratamento de certos tipos de câncer. Nem todas as alternativas funcionam para todos os pacientes. O tempo é um elemento essencial no tratamento de câncer, e eu precisava decidir quais riscos correria e por quê.

Penso no que isso significa para outras mulheres negras com câncer, para todas as mulheres em geral. Acima de tudo, penso em como é importante compartilharmos o poder escondido sob a quebra do silêncio a respeito de nossos corpos e de nossa saúde, ainda que tenhamos sido educadas para ser discretas e estoicas em relação à dor e à doença. Mas estoicismo e silêncio não nos servem ou a nossas comunidades, apenas às forças das coisas como elas são.

NOVA YORK, 12 DE NOVEMBRO DE 1986

Quando eu escrever meu próprio *Livro dos mortos*, meu *Livro da vida*,[10] quero celebrar estar viva para fazê-lo mesmo enquanto reconheço o sabor doloroso que a incerteza empresta à minha vida. Uso a energia dos sonhos que agora são impossíveis, sem acreditar totalmente neles nem em seu poder de se realizarem, mas os reconhecendo como molduras para um futuro no qual meus esforços possam desempenhar um papel. Estou ainda mais livre para escolher a direção em que vou devotar minhas energias e o que deixarei para outra vida, agradecendo à deusa a força de perceber que posso escolher, apesar dos obstáculos.

Então, quando faço uma leitura para a SISSA arrecadar fundos para os coletivos de mulheres em Soweto, ou para a editora Kitchen Table, estou escolhendo me empenhar no que acredito

---

10 \ Há um jogo de referências com *O livro dos mortos do Antigo Egito* e *O livro da vida*, de Santa Teresa d'Ávila. [N. T.]

apaixonadamente. Quando falo para manifestar apoio à guerra urgente contra o *apartheid* na África do Sul e a chacina racial que agora mesmo se espalha pelos Estados Unidos, quando exijo justiça pelo tiros dos policiais que mataram uma avó negra e pelos linchamentos no norte da Califórnia e no Central Park, em Nova York, estou fazendo uma escolha de como desejo usar meu poder. Esse trabalho me devolve muita energia sob a forma de satisfação e crença e também na visão de como quero que esta terra seja para as pessoas que virão depois de mim.

Quando trabalho com jovens poetas que estão assimilando o poder de sua poesia, tanto no mundo interno como na vida que escolheram viver, sinto que trabalho em plena capacidade, e isso me dá uma alegria profunda, um reservatório de força ao qual recorro para a próxima aventura. Agora. Isso torna menos importante o fato de que não será assim para sempre. Nunca seria.

As energias que recebo do meu trabalho me ajudam a neutralizar aquelas forças de negatividade e autodestruição implantadas pelo *american way* branco para garantir que mantenho indisponível, ineficaz e inofensivo aquilo que for poderoso e criativo.

Existe, no entanto, uma clareza terrível decorrente de viver com câncer que pode ser empoderadora, se não nos afastarmos dela. O que mais eles podem fazer comigo? Meu tempo é limitado, e é assim com cada uma de nós. Então como os opositores vão me recompensar por meus silêncios? Pelo fingimento de que este é, de fato, o melhor de todos os mundos possíveis? O que eles me darão para mentir? Um salvo-conduto vitalício para todos os que amo? O tempo de outra vida para mim? O fim do racismo? Da homofobia? Da crueldade? Do resfriado?

NOVA YORK, 13 DE NOVEMBRO DE 1986

Não considero mais útil especular sobre o câncer como arma política. Mas não estou sendo paranoica quando digo que meu câncer é tão político quanto se algum agente da CIA tivesse esbarrado em mim no trem A em 15 de março de 1965 e injetado um vírus de câncer preparado em fogo baixo. Ou como se eu me colocasse contra o vento para trabalhar e as nuvens me esfolassem. Quais as escolhas possíveis que a maioria de nós faz em relação ao ar que respira ou à água que precisa beber?

Às vezes, somos abençoadas por sermos capazes de escolher o momento, a arena e a forma de nossa revolução, contudo é mais comum que precisemos batalhar onde quer que estejamos. Não importa muito se estamos no laboratório de radiação ou no consultório médico, na companhia telefônica, no departamento de bem-estar social ou na sala de aula. A verdadeira bênção é ser capaz de me portar como realmente sou, onde eu estiver, em situações de interação com outras pessoas ou sozinha, se for o caso.

Este não é mais um tempo de espera. É um tempo para o verdadeiro trabalho urgente. É um momento fortalecido pela recuperação do que chamo de explosão de luz – aquele conhecimento inescapável, nos ossos, da minha limitação física. Metabolizado e integrado no tecido dos meus dias, aquele conhecimento que produz os detalhes que fazem o porvir parecer menos importante. Quando falo de querer o máximo de tempo bom possível, quero dizer o tempo em que mantenho alguma medida relativa de controle.

NOVA YORK, 14 DE NOVEMBRO DE 1986

Uma razão para observar o processo da morte tão atentamente é roubar um pouco de seu poder da minha consciência. Tenho superado minha necessidade inicial de ignorar ou evitar filmes e livros que abordam o câncer ou a morte. É muito mais importante para mim agora encher a mente de todas as pessoas que amo e que me amam com uma sensação extraordinária de beleza, e força, e propósito.

Mas é igualmente verdade que não podemos nos curar perto das pessoas de quem recebemos força e luz, porque elas também estão mais próximas dos lugares, sabores e cheiros que acompanham um padrão de vida que estamos tentando reordenar. Depois de minha mastectomia, mudar a forma como me alimentava, lutava, dormia e meditava exigiu que eu mudasse o ambiente externo no qual decidia a direção a tomar.

Estou no ápice da mudança, e a curva está mudando rápido. Se algumas das minhas escolhas foram erradas, preciso suportar – sem ter me preparado, pois é impossível –, mas aberta para lidar com as consequências desses erros.

Interior ou exterior, a mudança não é rápida nem fácil, e eu me vejo sempre na defensiva contra o que é muito simplificado ou meramente cosmético.

NOVA YORK, 15 DE NOVEMBRO DE 1986

No meu escritório em casa criei um espaço muito especial para mim. É simples e tranquilo, com coisas bonitas ao redor e um raio de luz cascateando através de uma janela baixa nos melhores dias. É aqui que escrevo quando estou em casa, onde me recolho para me centrar, descansar e recarregar em intervalos regulares. É aqui onde faço minhas visualizações matinais e meus exercícios.

É uma pequena alcova com um colchão de ar coberto até a metade com almofadas brilhantes e uma mesa baixa estreita coberta por um tecido *tie-dye* nigeriano. Numa das paredes principais, está *The Yard* [O quintal], pintado por uma jovem guianense. É um lugar de água, e fogo, e flores, e árvores, cheio de mulheres e crianças caribenhas trabalhando, brincando e sendo.

Quando o sol atravessa minha pequena janela e toca a pintura, o quintal ganha vida. As crianças riem, a mulher cuida de seu bebê, um menino nu corta a grama. Uma mulher faz uma fogueira para cozinhar do lado de fora; dentro de uma casa, outra conserta uma lâmpada. Numa estufa no alto da colina, as janelas reluzem sob o telhado vermelho.

Recebo a companhia de mulheres nesse lugar.

Ontem, sentei-me nesse espaço com uma mulher negra elegante, discutindo o foco de uma matéria proposta por uma revista para mulheres negras. Conversamos se seria a respeito do papel da arte e da espiritualidade na vida das mulheres negras, ou sobre minha luta pela sobrevivência na batalha atual contra o câncer. Enquanto conversávamos, gradualmente percebi que os dois artigos estavam ancorados no mesmo lugar dentro de mim e exigiam o mesmo foco. Preciso me alimentar de arte e espiritualidade, e elas emprestam força e iluminação a todos os esforços que sustentam minha vida. É o pão da arte e a água da vida espiritual que me lembram sempre de ir em busca do que há de mais alto dentro das minhas capacidades e nas minhas demandas em relação a mim mesma e aos outros. Não pela perfeição, e sim pelo melhor que pode ser feito. E orquestro minha campanha diária contra o câncer com uma intensidade inerente com quem sou, a intensidade de fazer um poema. É a mesma intensidade com que experimento a poesia, a primeira descoberta de um estudante, a energia amorosa de mulheres que nem mesmo conheço, uma fotografia do nascer do sol tirada de minha janela onde o sol nasce no inverno, a intensidade do amor.

Eu me alegro com a beleza no rosto de mulheres negras trabalhando e descansando. Crio, exijo e traduzo satisfações de cada raio de sol, retalho de tecido brilhante, som bonito, cheiro delicioso que surge no meu caminho, de cada sorriso sincero e felicitação. Eles são pedaços discretos de munição no meu arsenal contra o desespero. Contribuem para fortalecer minha determinação de perseverar quando o cinza satura ou a política econômica de Reagan me deixa exausta. Eles me sussurram sobre a alegria quando a luz é pouca, quando fraquejo, quando outra criança negra é morta a tiros pelas costas em Crossroads ou em Newark, ou linchada numa árvore em Memphis, e quando a orquestração da saúde se torna chata, ou deprimente, ou apenas cansativa.

NOVA YORK, 16 DE NOVEMBRO DE 1986

Para mulheres negras, aprender conscientemente a nos voltarmos umas para as outras e a pedir pela força mútua é uma estratégia de preservação da vida. Na melhor das circunstâncias, isso exige uma quantidade imensa desse apoio, consistente para que sejamos emocionalmente capazes de encarar a face dos poderes que se alinham contra nós e ainda assim fazer nosso trabalho com alegria.

É preciso determinação e prática.

Mulheres negras que sobrevivem têm a vantagem de aprender como ser abertas e como se proteger ao mesmo tempo. Um segredo é pedir ajuda ao máximo possível de pessoas, contar com todas e nenhuma delas ao mesmo tempo. Algumas vão ajudar, outras não podem naquele momento.

Outro segredo é descobrir algo específico pelo qual sua alma esteja muito faminta – uma religião diferente, um lugar calmo, uma aula de dança – e satisfazê-la. A satisfação não precisa ser custosa nem difícil. Só precisa ser reconhecida, articulada e atendida.

Existe uma diferença importante entre abertura e ingenuidade. Nem todo mundo tem boas intenções ou me quer bem. Eu me recordo de que não preciso mudar essas pessoas, só reconhecer quem elas são.

NOVA YORK, 17 DE NOVEMBRO DE 1986

Como a minha rotina diária mudou com o advento de um segundo câncer? Ando com um terrível e revigorante gosto pelo agora – uma consciência visceral da passagem do tempo, com seu pesadelo e sua energia. Sem mais empréstimos de longo prazo, pagamentos renegociados, planos de vinte anos. Pago minhas dívidas. Pagar as faturas, os encargos, as dívidas emocionais reconhecidas.[11] Agora é a hora, mais do que nunca, de uma vez por todas, de alterar os padrões de isolamento. Lembrar-me daquela senhora gentil que mora descendo a rua, com cujo filho você se encontrava ao atravessar a faixa e sempre dizia: "Se houver alguma coisa que possa fazer por você, é só me avisar". Bem, o filho dela tem músculos fortes e a grama precisa ser cortada.

Não tenho vergonha de deixar meus amigos cientes de que preciso do espírito coletivo deles – não para me fazer viver para sempre, mas para me ajudar a me mover pela vida que ainda tenho. Contudo, me recuso a gastar o resto dessa vida lamentando o que não tenho.

Se viver como poeta – vivendo nas linhas de frente – nunca teve significado, agora tem. Viver de maneira autoconsciente, a vulnerabilidade como armadura.

Todos os dias passo um tempo meditando a respeito do meu eu físico na batalha, visualizando a guerra real acontecendo dentro do meu corpo. Conforme me movimento para outras partes a cada dia, aquela batalha geralmente se funde com campanhas externas específicas, pessoais e políticas. As devastações do *apartheid* na África do Sul e o assassinato de pessoas negras em Howard Beach me parecem tão severos quanto o câncer.

Entre minhas outras atividades diárias, incorporo períodos breves de automonitoramento físico sem histeria. Observo as mudanças internas do meu corpo, consagrando-o com uma luz curadora. Às vezes preciso fazer isso enquanto estou sentada na barca para Staten Island a caminho de casa, cercada por chicletes mastigados e botas de borracha sujas, visões que expulso da consciência.

---

11 \ No original, IOU é a abreviatura de "*I owe you*", uma espécie de documento de reconhecimento de dívidas que não são negociáveis que pode ser utilizado como instrumento de cobrança judicial. [N. T.]

Estou aprendendo a reduzir o estresse na rotina prática. É loucura, no entanto, acreditar que qualquer mulher negra informada que vive na américa tenha a possibilidade de abolir por completo o estresse de sua vida sem se tornar psiquicamente cega, surda e muda. (*Assunto do momento: Homem negro não identificado encontrado enforcado numa árvore do Central Park com mãos e pés atados. A polícia de Nova York afirma ser suicídio.*) Estou aprendendo a equilibrar o estresse com períodos de descanso e recuperação.

Faço malabarismos com as tecnologias da medicina ocidental, a abordagem holística da antroposofia e a riqueza de minha vida psíquica, alimentada bela e femininamente pelas pessoas que amo e que me amam. Equilibrando tudo. Sempre ciente do quanto sou abençoada, com meus amores, meus filhos; o quanto sou abençoada por ser capaz de me entregar a um trabalho no qual acredito apaixonadamente. E, sim, alguns dias, peço aos céus, a Mawu, a Seboulisa, a Tiamat, filha do caos, que tudo seja mais fácil.

Mas acordo cedo para ver o sol nascer sobre os cortiços do Brooklyn do outro lado da baía, tocando os ramos gelados da coreutéria que Frances e eu plantamos, fina como um graveto, há dezessete anos, e não consigo imaginar trocar a minha vida pela de mais ninguém, não importa o quanto o fim desta vida esteja próximo. Viver intensamente – quanto tempo não é a questão. Como e por que ganham prioridade total.

NOVA YORK, 18 DE NOVEMBRO DE 1986

Desespero e isolamento são meus dois maiores inimigos internos. Preciso me lembrar de que não estou sozinha, mesmo quando me sinto assim. Agora, mais do que nunca, é tempo de afastar a solidão, mesmo enquanto protejo minha solitude. "A ajuda está a caminho", disse Margareta, movendo os dedos sobre o baralho de tarô num gesto de despedida.

Preciso identificar essa ajuda e usá-la sempre que puder.

Nos Estados Unidos, 5 milhões de pessoas – ou 2% da população deste país – estão vivendo ativamente com câncer. Se aplicarmos essa porcentagem à comunidade negra – onde provavelmente ela é mais alta por causa da incidência crescente de câncer sem um aumento correspondente nas taxas de cura –, se usarmos essa porcentagem na população negra de 22 milhões de indivíduos, então a cada dia haverá pelo menos meio milhão de pessoas negras nos shoppings e supermercados dos Estados Unidos, pegando metrô, cuidando de mulas, questionando em reuniões de pais e mestres, esperando na fila da assistência social, dando aulas na escola dominical, caminhando pelas ruas ao meio-dia ao procurar emprego, esfregando o chão da cozinha, todas carregando no corpo as sementes de uma destruição que não escolheram. É uma destruição que podemos evitar que defina nossa vida pelo máximo de tempo possível, mas não a morte. Cada um de nós deve definir qual substância e forma quer dar à vida que lhe resta.

NOVA YORK, 19 DE NOVEMBRO DE 1986

O mal nunca mostra sua verdadeira face para barganhar, nem a impotência nem o desespero. Afinal, quem ainda acredita no diabo que compra almas? Contudo, aviso a mim mesma, não importa o quanto seja simbólico, nunca diga nunca nem por fingimento, em voz alta e com frequência. Porque as escolhas apresentadas não são simples e claras como fábulas. A sobrevivência jamais se apresenta como "faça essa coisa específica conforme a orientação e continuará vivendo. Não faça aquela coisa e não a questione, ou com certeza você vai morrer". Apesar de tudo o que os médicos dizem, não acontece desse jeito.

Provavelmente, em algum mundo ideal, receberíamos opções distintas, nas quais tomaríamos decisões baseadas em um cardápio claramente redigido e datilografado. Mas para qualquer mulher negra que eu conheça a vida não é tão simples e banal. Há muitas decisões cruciais, sem tempo para serem tomadas, como se fossem pontos numa fotografia de jornal de alto contraste, e, conforme nos aproximamos o suficiente para examiná-las, a fotografia se torna distorcida e obscura.

Não penso na minha morte como iminente, entretanto vivo meus dias contra um ruído de fundo da mortalidade e incerteza constante. Aprender a não desmoronar diante dessas incertezas abastece minha resolução de imprimir por completo minha marca não na eternidade, mas na textura de cada dia.

NOVA YORK, 1º DE DEZEMBRO DE 1986

Espera-se que pacientes de câncer se calem em relação a preocupações que se confundem com sentimentos de culpa ou de desespero, ou por causa de uma crença no mito de que o sigilo pode ser uma forma de autoproteção. Em grande parte, fora da sala de exames ou do consultório médico, somos invisíveis uns para os outros e começamos a ficar invisíveis para nós mesmos. Começamos a duvidar de qualquer poder que sabíamos ter, paramos de usá-lo. Nos roubamos de nossas camaradas, de nossas amantes, de nossas amigas e até de nós mesmas.

Tenho períodos de desconforto visceral persistente que provocam distração, são totalmente invasivos e desperdiçam energia. Digo isso em vez de simplesmente usar a palavra *dor*, porque existem muitas gradações do efeito e da reação que não são contempladas por essa única palavra. A auto-hipnose parecia uma possibilidade para manter algum controle sobre os processos internos do meu corpo. Com investigação e julgamento, encontrei uma pessoa de confiança para me treinar em técnicas de auto-hipnose. Certamente é mais barato que codeína.

A auto-hipnose exige uma concentração tão intensa que me coloco num transe desperto. Atingimos esses estágios com mais frequência do que percebemos. Você já esteve bem acordada no metrô e perdeu sua estação porque estava pensando em outra coisa? É uma questão de reorganizar esse estado e aprender a usá-lo para manipular a consciência da dor.

Uma das piores coisas da dor invasiva é que ela me faz sentir impotente, incapaz de agir contra ela e, portanto, contra qualquer outra coisa, como se a dor engolisse toda a capacidade de agir. A auto-hipnose tem sido útil para mim não apenas para redimensionar o foco do desconforto físico, mas também ao me ajudar a realizar outras barganhas com meu inconsciente. Eu a tenho utilizado para me lembrar dos sonhos, para aumentar a temperatura corporal abaixo do normal e para me fazer terminar um texto difícil.

Respeito o tempo gasto todos os dias cuidando do meu corpo e o considero parte do meu trabalho político. É possível ter ideias conscientes a partir de processos físicos – sem esperar o impossível, mas permitindo o inesperado –, um tipo de treinamento em amor-próprio e resistência física.

NOVA YORK, 7 DE DEZEMBRO DE 1986

Estou contente de não ter mais que evitar filmes sobre pessoas que morrem de câncer. Não tenho mais que negar a doença como uma realidade na minha vida. Chorei com *Laços de ternura* ontem à noite, e também ri. É difícil acreditar que evitei esse filme por dois anos.

Ainda assim, enquanto o via, envolvida com a situação da jovem mãe morrendo de câncer de mama, também estava muito atenta àquele padrão de vida considerado normal no filme, que possibilitava a expressão de sua tragédia. A empregada de sua mãe e o jardim bem cuidado, o dinheiro banal, porém muito tangível, tão evidente em seus efeitos. O marido mulherengo da filha é um professor de Inglês sem êxito, mas, a despeito disso, eles vivem numa casa de telhas brancas de madeira com árvores, não em algum cortiço caindo aos pedaços no Lower East Side ou no Harlem pelo qual pagam um aluguel caro.

O quarto dela no Hospital Lincoln Memorial estava decorado com o Renoir de sua mãe na parede. Nunca há pessoas negras visíveis naquele hospital em Lincoln, Nebraska, nem mesmo ao fundo. Isso não torna as cenas da morte da personagem menos comoventes, mas fortalece a minha resolução de falar a respeito das minhas experiências como mulher negra com câncer.

NOVA YORK, 14 DE DEZEMBRO DE 1986

Há exatamente um ano fui para a Suíça e achei o ar frio e parado. Mas o que descobri na Lukas Klinik ajudou a salvar minha vida.

[As evidências não são apenas terapêuticas. São vitais. Dar importância ao que é alegre e fortalece a vida se tornou crucial no meu dia a dia.

O que tive de abandonar? Hábitos antigos, defesas superadas deixadas de lado porque sugam as energias para propósitos inúteis?

Uma das coisas mais difíceis de aceitar é aprender a viver na incerteza sem negá-la nem se esconder atrás dela. Acima de tudo, ouvir as mensagens da incerteza sem permitir que ela me imobilize, nem que me afaste das certezas das verdades em que acredito. Eu me afasto de qualquer necessidade de justificar o futuro – viver o que ainda não foi. Acreditar, trabalhar pelo que ainda não é enquanto vivo plenamente no presente.

Esta é a minha vida. Cada hora é uma possibilidade que não pode ser poupada. Esses dias não são uma preparação para viver, alguma divergência extrínseca essencialmente necessária para o percurso central de minha trajetória. Eles são a minha vida. A sensação do lençol contra os calcanhares quando acordo ao som de grilos e cambacicas na cerca da Judith. Estou vivendo cada dia específico da minha vida, não importa onde esteja, nem o que esteja buscando. É a consciência disso que confere uma amplitude maravilhosa a tudo o que faço conscientemente. As convicções e crenças às quais me apego mais intensamente podem ser expressas na maneira como lido com a quimioterapia e em como analiso um poema. Tem a ver com tentar saber quem sou não importa o lugar em que eu esteja. Não é como se eu estivesse lutando aqui enquanto em outro lugar, distante, a vida real estivesse à minha espera para recomeçar a vivê-la.

Diariamente me visualizo vencendo as batalhas que acontecem no meu corpo, e isso é uma parte importante de lutar pela vida. Nessas visualizações, às vezes o câncer tem a forma e o rosto dos meus inimigos mais implacáveis, com quem luto e aos quais resisto ferozmente. Às vezes, as células destrutivas no meu fígado se tornam Bull Connor[12] e seus cães policiais completamente asfixiados, impotentes em Birmingham, Alabama, diante de uma poderosa avalanche de jovens negros determinados, marchando contra ele em direção ao futuro. A cara inchada do *apartheid*, a face de P.W. Botha,[13] espremida contra a terra sob a investida de um avanço lento e ritmado da negritude furiosa. Mulheres sul-africanas se movendo pelo meu sangue destruindo cadernetas de identidade. Fireburn Mary[14] tomando o campo de Cruzan, machado e tocha na mão. Nas imagens de uma cantora de calipso: "*The big black boot of freedom / Is mashing down your doorstep*".[15]

Eu me preparo para a vitória sabendo que ela é minha, de qualquer maneira. De fato, estou cercada de muitos exemplos de luta pela vida, dentro e fora de mim. Visualizar o processo da doença no interior do meu corpo em imagens políticas não é um sonho quixo-

---

12\ Theophilus Eugene "Bull" Connor foi um político americano que se opôs fortemente ao Movimento dos Direitos Civis na década de 1960.

13\ Primeiro-ministro (entre 1978 e 1984) e Presidente-de-Estado (entre 1984 e 1989) da África do Sul. [N. T.]

14\ Mary Thomas foi uma das líderes da rebelião conflagrada em St. Croix em 1878. A população protestava contra as condições de trabalho, que não melhoraram após a abolição da escravidão em 1848, ateando fogo em fazendas, moinhos e engenhos. Mary Thomas, Axeline Elizabeth Salomon e Mathilda McBean, líderes da revolução, ficaram conhecidas como *rebel queens*. [N. T.]

15\ "A grande bota negra da liberdade / está derrubando sua porta." [N. T.]

tesco. Quando me posiciono contra a intervenção cínica dos Estados Unidos na América Central, estou trabalhando para salvar minha vida em cada sentido. O financiamento do governo para o Instituto Nacional do Câncer, interrompido em 1986, foi exatamente a mesma quantia investida de maneira ilegal na oposição na Nicarágua – 105 milhões de dólares. Dá outro sentido ao pessoal como político.

O câncer em si tem um rosto anônimo. Quando estamos visivelmente morrendo de câncer, às vezes é mais fácil nos afastar da experiência particular na tristeza da perda, e, quando estamos sobrevivendo, às vezes é mais fácil negá-la. Mas aqueles entre nós que vivem nossas batalhas na carne devem se reconhecer como as armas mais fortes na batalha mais valente de nossa vida.

Viver com câncer me obrigou a abrir mão do mito da onipotência, de acreditar – ou de afirmar levianamente – que posso fazer qualquer coisa, assim como de qualquer perigosa ilusão de imortalidade. Nenhuma dessas defesas não analisadas é base sólida para o ativismo político ou para a luta pessoal. Entretanto, em seu lugar, reside outro tipo de poder, modulado e resistente, enraizado na concretude do que estou fazendo realmente. Ir tão longe quanto posso e apreciar o que é satisfatório, e não o que é triste. Construir um caminho forte e elegante para a transição.

Trabalho, amo, descanso, observo e aprendo. Esses são meus dons. Não são garantias, mas uma crença firme que, de um jeito ou de outro, viver assim, com alegria, prolonga minha vida com uma clareza mais profunda e eficaz.

Agosto de 1987
Carriacou, Granada
Anguilla, Índias Ocidentais Britânicas
St. Croix, Ilhas Virgens]

SOBRE A AUTORA

Audre Lorde nasceu no Harlem, Nova York, Estados Unidos, em 1934. Em 1959, graduou-se em biblioteconomia pelo Hunter College. Em 1961, concluiu seu mestrado na área pela Columbia University. Durante os anos 1960, trabalhou como bibliotecária em escolas públicas de Nova York. Em 1962, casou-se com Edward Rollins, com quem teve dois filhos. Em 1968, conheceu a professora de psicologia Frances Clayton, com quem passou a viver após o fim de seu casamento, tendo sido sua companheira por quase vinte anos. Em 1969, começou a lecionar no Lehman College. Em 1970, tornou-se professora de literatura no John Jay College. Em 1977, tornou-se editora de poesia no jornal feminista *Chrysalis*. Em 1978 foi diagnosticada com câncer de mama, tendo realizado mastectomia como parte do tratamento. Em 1980, fundou, junto com a escritora Barbara Smith, a editora Kitchen Table: Women of Color Press, para disseminar a produção de feministas negras. Em 1981, foi nomeada professora no programa de escrita criativa do Hunter College. Em 1984, recebeu o diagnóstico de câncer de fígado. Mesmo com a doença, manteve uma rotina intensa de viagens. Estabeleceu uma relação especial com a Alemanha, retratada pela diretora Dagmar Schultz no documentário *Audre Lorde: The Berlin Years* (2012). Engajada com a luta das mulheres sul-africanas contra o *apartheid*, em 1985 criou a rede de apoio Sisterhood in Support of Sisters in South Africa [Irmandade de apoio às irmãs na África do Sul].

No final dos anos 1980, mudou-se para Saint Croix, uma ilha no Caribe, onde viveu os últimos seis anos de sua vida ao lado da socióloga e ativista Gloria Joseph. Após seu falecimento em 1992, seus arquivos passaram a integrar a coleção do Spelman College, em Atlanta.

Audre Lorde recebeu diversos prêmios ao longo de sua carreira, entre os quais podem-se destacar as bolsas concedidas pelo National Endowment for the Arts (de 1968 e 1981) e pelo Creative Artists Public Service Program (de 1972 e 1976) e o prêmio de excelência literária de Manhattan, de 1987. Em 1991, foi nomeada poeta laureada pelo estado de Nova York.

BIBLIOGRAFIA SELECIONADA

OBRAS DE AUDRE LORDE

The First Cities. New York: Poet's Press, 1968.

Cable to Rage. London: Paul Breman, 1970.

From a Land Where Other People Live. Detroit: Broadside Press, 1973.

New York Head Shop and Museum. Detroit: Broadside Press, 1973.

Coal. New York: W. W. Norton, 1976.

Between Our Selves. Point Reyes: Eidolon Editions, 1976.

The Black Unicorn. New York: W. W. Norton, 1978.

The Cancer Journals. San Francisco: Spinsters Ink, 1980.

Zami: A New Spelling of My Name. Boston: Persephone Press, 1982.

Chosen Poems: Old and New. New York: W. W. Norton, 1982.

I Am Your Sister: Black Women Organizing across Sexualities. New York: Kitchen Table: Women of Color Press, 1985.

Our Dead Behind Us: Poems. New York: W. W. Norton, 1986.

A Burst of Light: Essays by Audre Lorde. New York: Firebrand, 1988.

Undersong: Chosen Poems, Old and New. New York: W. W. Norton, 1992.

The Marvelous Arithmetic of Distance: Poems, 1987–1992. New York: W. W. Norton, 1993.

The Colected Poems of Audre Lorde. New York: W. W. Norton and Company, 1997.

OBRAS DE AUDRE LORDE EM PORTUGUÊS

Irmã outsider: Ensaios e conferências. Trad. Stephanie Borges. Belo Horizonte: Autêntica, 2019

Entre nós mesmas – poemas reunidos. Trad. Tatiana Nascimento. Rio de Janeiro: Bazar do Tempo, 2020.

A unicórnia preta – poemas. Trad. Stephanie Borges. Belo Horizonte: Relicário, 2020.

Zami, uma biomitografia. Trad. Lubiana Prates. São Paulo: Elefante, 2021

BIBLIOGRAFIA SOBRE AUDRE LORDE

ALEXANDER, Elizabeth. "Coming Out Blackened and Whole: Fragmentation and Reintegration in Audre Lorde's *Zami* and *The Cancer Journals*", *American Literary History* 6, n. 4, 1994, pp. 695–715.

BRAXTON, Joanne M. *Black Women Writing Autobiography: A Tradition within a Tradition*. Philadelphia: Temple University Press, 1989.

BURR, Zofia. *Of Women, Poetry, and Power: Strategies of Address in Dickinson, Miles, Brooks, Lorde and Angelou*. Urbana: University of Illinois Press, 2002.

DE VEAUX, Alexis. *Warrior Poet: A Biography of Audre Lorde*. New York: W. W. Norton, 2004.

GINZBERG, Ruth. "Audre Lorde's (Nonessentialist) Lesbian Eros", *Hypatia* 7, n. 4, 1992, pp. 73–90.

KING, Katie. "Audre Lorde's Lacquered Layerings: The Lesbian Bar as a Site of Literary Production". Em: MUNT, Sally (org.). *New Lesbian Criticism: Literary and Cultural Readings*. New York: Columbia University Press, 1992.

MARTIN, Joan M. "The Notion of Difference for Emerging Womanist Ethics: The Writings of Audre Lorde and Bell Hooks", *Journal of Feminist Studies in Religion* 9, n. 1–2, 1993, pp. 39–51.

SHELLY, Elaine. "Conceptualizing Images of Multiple Selves in the Poetry of Audre Lorde", *Lesbian Ethics*, 1995, pp. 88–98.

STEELE, Cassie Premo. *We Heal From Memory: Sexton, Lorde, Anzaldua, and the Poetry of Witness*. New York: Palgrave, 2000.

WILSON, Anna. "Audre Lorde and the African-American Tradition". Em: MUNT, Sally (org.). *New Lesbian Criticism: Literary and Cultural Readings*. New York: Columbia University Press, 1992.

_. *Persuasive Fictions: Feminist Narrative and Critical Myth*. Lewisburg/London/Cranbury: Bucknell University Press/Associated University Presses, 2001.

SOBRE A COLEÇÃO AUDRE LORDE

A "Coleção Audre Lorde" é resultado de uma parceria inédita firmada entre as editoras Bazar do Tempo, Elefante, Relicário e Ubu, como modo de fortalecer a recepção dos livros dessa importante militante, pensadora e poeta norte-americana, referência para o feminismo negro, para a luta antirracista e LGBTQI+.

LEIA TAMBÉM
Entre nós mesmas – poemas reunidos. Trad. Tatiana Nascimento. Rio de Janeiro: Bazar do Tempo, 2020.
A unicórnia preta – poemas. Trad. Stephanie Borges. Belo Horizonte: Relicário, 2020.
Zami, uma biomitografia. Trad. Lubiana Prates. São Paulo: Elefante, 2021.

Seleção realizada por Djamila Ribeiro com base no livro *I Am Your Sister: Collected and Unpublished Writings of Audre Lorde*, organizado por Rudolph P. Byrd, Johnnetta Betsch Cole e Beverly Guy-Sheftall.

Título original: *I Am Your Sister*

© 2009 by the Estate of Audre Lorde
© Ubu Editora, 2020

FOTOGRAFIAS DA CAPA © Dagmar Schultz
FOTOGRAFIA DA P. 216 Cortesia dos Arquivos do Spelman College

O filme *Audre Lorde – The Berlin Years 1984 to 1992* está disponível na plataforma Vimeo como vídeo sob demanda com legendas em diversos idiomas, inclusive em português, no seguinte endereço: vimeo.com/ondemand/audrelorde. Os direitos para exibição pública precisam ser liberados com a produtora através do e-mail dagmar@dagmarschultz.com.

PREPARAÇÃO Fabiana Medina
REVISÃO Cláudia Cantarin
DESIGN Elaine Ramos; Livia Takemura [assistente]
PRODUÇÃO GRÁFICA Marina Ambrasas

EQUIPE UBU
DIREÇÃO EDITORIAL Florencia Ferrari
DIREÇÃO DE ARTE Elaine Ramos; Júlia Paccola e
Nikolas Suguiyama [assistentes]
COORDENAÇÃO Isabela Sanches
EDITORIAL Bibiana Leme e Gabriela Naigeborin
COMERCIAL Luciana Mazolini e Anna Fournier
COMUNICAÇÃO / CIRCUITO UBU Maria Chiaretti,
Walmir Lacerda e Seham Furlan
DESIGN DE COMUNICAÇÃO Marco Christini
GESTÃO CIRCUITO UBU / SITE Laís Matias
ATENDIMENTO Cinthya Moreira

1ª reimpressão, 2024.

Dados Internacionais de Catalogação na Publicação (CIP)
Bibliotecário Odilio Hilario Moreira Junior – CRB 8 / 9949

Lorde, Audre [1934–1992]
    Sou sua irmã: escritos reunidos / Audre Lorde; título
original: *I Am Your Sister: Collected and Unpublished
Writings of Audre Lorde*; organizado e apresentado por
Djamila Ribeiro; traduzido por Stephanie Borges.
São Paulo: Ubu Editora, 2020. / 224 pp.
ISBN 978 65 86497 07 6

1. Literatura americana. 2. Feminismo. 3. Lesbianismo. 4.
Mulheres afro-americanas. I. Ribeiro, Djamila. II. Borges,
Stephanie. III. Título.

2020–1237	CDD 810	CDU 821.111(73)

Índice para catálogo sistemático:
Literatura americana 810
Literatura americana 821.111(73)

UBU EDITORA
Largo do Arouche 161 sobreloja 2
01219 011 São Paulo SP
ubueditora.com.br
professor@ubueditora.com.br
🄵 🄾 /ubueditora

FONTES
Martin, de Tré Seals
Tiempos, de Kris Sowersby

PAPEL
Pólen natural 80 g/m²

IMPRESSÃO
Loyola